スイミングスクール

高橋弘希 Hiroki Takahashi

新潮社

目次

スイミングスクール

スイミングスクール

とおり雨の後のアスファルトには、幾つかの水溜りが広がっていました。ひなたはその中の一つの畔《ほとり》にしゃがんで、水面を覗いていました。小さな身体を、もっと小さくなるように縮めて。両腕で、膝を抱えるようにして。赤い髪留めが二つ、耳の下で揺れていました。

「水溜りの中に、空があるよ」

その水溜りは、私にはただの淀みにしか見えませんでした。でもひなたに近づくにつれて、水面には次々に風景が映り込んでいきました。スーパーの屋上の鉄柵が映り、電柱と電線が映り、樹木の枝葉が映り、最後にはそれらがすべて途切れ、四月の空が映りました。水面ではときに細かな雨粒が弾け、波紋が広がると、空の形が変わります。私は手の平を中空に差し伸べて、現実の空を見上げてみます。青空の中からときに陽光の線がふっと落ちてきて、それは手の平に達すると雨粒に変わりました。ひなたは再び振り返って、

「天気雨が降ってるね」

その日の午後、私とひなたは、街の火葬場を訪れました。〝胡桃《クルミ》〟の遺骨は、四寸程のペット用の骨壺に納められていました。火葬場職員の黒服姿の男性に自宅供養のやり方を尋ねると、彼は柔和な顔を浮かべ、忌日に納骨されるかたもいます、ずっと家に保管されるかたもいます、海や河へ散骨されるかたもいます、ペットのワンちゃんを火葬するというのも、新しい考え方なので、決まり事というのはないんですよ——。このまま霊園へ納骨することを、彼は勧めてきました。でもひなたが胡桃を連れて帰ると言うので、私はそれに従いました。ひなたはパステルカラーのリュックに、胡桃の遺骨を納めました。骨に重みはないので、九歳のひなたでも簡単に背負うことができます。

火葬場からの帰路、自転車を走らせながら、私は雨の匂いを感じていました。鼻腔がじわりとする、鉄錆のような、生温かい、雨の匂い——。アスファルトへ一つ二つ、黒い点が落ちたかと思うと、瞬く間に辺りは大降りになり、私達は慌てて近くのスーパーの軒下へ避難しました。一帯にはけたたましく雨音が響き、駐車場には次第に水溜りが出来上が

っていきます。私達は軒下に二人並んで、ときに空模様を窺いながら、雨音が途絶えるのを待ちました。

その春の夕立をもたらした積乱雲は、今ではもう街外れへと流れていきました。雨雲のやや西側、駐車場を仕切る金網の向こう側に、懐かしいものを見つけて、私はひなたの背に触れました。

「あっちの空に、虹が架かっているわよ」

ぱっと顔を上げたひなたの瞳を見て、どきりとしました。眼球は涙を溜めて潤み、瞼は桃色に腫れて、睫毛はふやけていました。ひなたは立ち上がって大きく背伸びをすると、

「あの辺りに住んでいる人には、虹が目の前に見えているのかな。目の前に虹があったら、触ることもできるのかな」

「光が反射してそう見えているだけだから、触ることはできないのよ」

ひなたはパーカーの袖で、顔周りを擦るような仕草をすると、

「知ってるよ。でも虹の中に手を入れたら、手の平もきっと七色」

数日が過ぎた夕刻、私は街道沿いのバス停で、ひなたの帰りを待っていました。薄暮れ

の街道を、ヘッドランプを灯したり、灯していなかったりする乗用車が行き交います。私はときに、踏切の向こうへと目を遣り、訪れる車を確認します。スイミングスクールのバスは、到着予定時刻を十分ほど過ぎていました。再開発地域で工事をしているので、路が混んでいるのかもしれません。

バスの送り迎えをするのは、ひなたが幼稚園のとき以来でしょうか。今住んでいる千葉ニュータウンの二階建ての家ではなく、まだ三鷹のマンションに住んでいた頃のことです。幼稚園の初日、ひなたは先生に手を引かれると、ママがいい、ママがいい、と涙を浮かべて訴えました。あのときは私も慌てふためいたものですが、今になって思い返すと、懐かしくも微笑ましくもあります。

ひなたがスイミングスクールへ通いたいと言い出したのは、胡桃の死の翌日のことです。奈々《ナナ》ちゃんと一緒にスイミングに通いたい、バタフライできるようになりたい、学校から帰宅したひなたは、ランドセルを放り出すと訴えました。その夜、ひなたが寝静まった後、夫に相談しました。私は習い事をさせるのなら、公文《くもん》か英会話がいいと考えていました。公文なら、何かを地道に毎日続けるという忍耐力が身につくはずです。英語が話せれば、受験にも就職にも役立つはずです。夫は缶ビールを呑み、輪切りのトマトを摘まみつつ、スイミングもいいんじゃないかな、そう述べました。身体も丈夫になるし、もしものときに溺れないだろうしさ。

ずっと昔、私がまだひなたより幼かった頃、私もまたスイミングスクールに通っていました。初日の授業で、大泣きしたことを今でも覚えています。両腕に橙色の浮きをつけ、水面から顔を出し、プールサイドへずっと泣き顔を見せていました。生温かい涙と、生ぬるいプールの水で、私の頬はぐっしょりと濡れていました。ひなたも私と同じように、水を怖がるかもしれません。その話をすると、夫は苦笑しました。ひなたちゃんが水を怖がるとも思えないけどなぁ——、それに本人がやりたいっていうのが一番だよ、親の都合で無理矢理に通わせたって、続かないものだしね。

私は以前、ひなたをピアノ教室の体験授業に参加させたことがあります。何気なく安売りしていた玩具のピアノを買い与えたところ、ひなたは毎日飽きることなくピアノを弾き続け、独学で両手弾きまでできるようになりました。才能は伸ばしてあげなければと、ピアノの先生に見てもらおうと考えたのです。でもひなたには合いませんでした。ひなたが弾きたいのは、〝子供のバイエル〟ではなく、流行の歌謡曲でした。確かに、ひなたの意欲を尊重して、やりたい習い事をさせたほうが、将来的にひなたの為になるかもしれませ

ん――、私が親指を唇へ当てて一人で頷いていると、夫はくすくすと笑みを溢《こぼ》していました。何が可笑しいのよ、そう尋ねると、

「ひなたちゃんが、ママは難しいことを考えているときに、三白眼みたいになるって」

慌てて自分の目蓋を手の平で押さえると、夫は余計に笑いました。私はむっとして、それから夫の言葉を思い返して、

「もしものときってどんなときよ？」

夫はもうテレビへと視線を移しており、ナイターの結果に気を取られながら、

「夏になると、子供が海や河で溺れたっていうニュースをよく聞くじゃない。平泳ぎができれば、岸まで辿り着けるんじゃない？」


その翌日、私は自転車で、隣町のスイミングスクールを訪れました。受付のジャージ姿の女性は、茶色い髪に、濃い化粧をして、よく見るとつけ睫毛も乗せています。ネームホルダーには〝内山〟と記してありました。二十級から始まる進級制度があり、顔つけ、もぐる、浮く、けのび、バタ足といくつもの試験があり、平泳ぎを習うのは当分先のようです。週二回の学童コースを選択し、入会金と月会費、指定の水着、スイムキャップ、スク

ールバッグ、送迎バス代を支払うと、二万円以上にもなり、スイミングスクールは随分と高いものだと思いました。

「お母さんも、ひなたちゃんと一緒にスイミングをされてはどうですか？」

冗談だと思い、愛想笑いをしていると、彼女は新しいパンフレットをカウンターへ広げて、

「ママさんコースも好評なんですよ。スイミングは、美容にも健康にもいいですしね。産後の腰痛が治ったなんて、ママさんもいるんですよ」

私はこの歳になって再びスイミングを習う気などないので、検討してみますね、とその場を切り上げました。

帰りがけ、受付の奥へと続く通路を歩き、ガラス窓の向こうのプールの様子を覗きました。幼児クラスの時間で、両腕に橙色の浮きを付けた子供達が水面から顔を出していました。先生に両手を引かれて遊泳している子もいれば、赤い水深台の上で飛び跳ねている子もいます。見学にきた幾人かの母親が、笑顔を浮かべてガラス窓の向こうを見詰めています。私はプール内で泣いている子供を探しました。でもそんな子供は一人もいませんでした。――

踏切の向こうに、ようやくスイミングスクールのバスが見えました。車体を揺らしながら、バスはゆっくりと踏切を渡り、私の立つ場所へと近づいてきます。バスから降りてきたひなたは、まだ少し髪が濡れていました。振り返って、バスの中の奈々ちゃんに手を振ります。塩素の匂いが、ひなたの汗の匂いと混じって、仄かに香りました。奈々ちゃんはあと二つ先のバス停で降りるそうです。最後に見たときより随分と大人っぽくなった奈々ちゃんが、車窓の向こうで、手を振り返していました。バスは再び、街道の車の流れに加わり、やがて夕闇の中へ消えました。

夕陽の差す街区の舗道を、ひなたと並んで歩きます。アスファルトには電柱と木立の色濃い影が伸び、他所の住宅からは、ときに夕餉の匂いが漂います。私はひなたの帰りを待つ間に、自宅でポークカレーを作りました。本当は余り物でチャーハンを作る気でいたのですが、ひなたがスイミングへ出かけた後に、何故か今日はカレーを食べさせたくなりました。おかげでスーパーまで買い出しに行く羽目になりました。中辛のカレールー、豚バラ肉とジャガイモと玉葱、それからレタスとプチトマトと飲むヨーグルト。すでに煮込み終えたカレーが、鍋に準備してあります。炊飯器のボタンを押してから家を出たので、帰宅する頃には御飯も炊けているはずです。水泳の後はひどく空腹になるから、ひなたが今日食べるカレーはきっと美味しいだろうと思います。

「初めてのスイミングスクールはどうでしたか？」

「プールが凄く大きかったよ」

ひなたは手の平で、小さなお椀を作って、

「家のお風呂がこれくらいだとしたらね」

今度は大きなお椀を作って、

「お婆ちゃんちのプールはこれくらい」

最後に両腕を大きく広げて、

「スイミングプールはこれくらい」

「お風呂よりずっと深いプールへ入ることは、怖くなかった？」

「浮き輪が付いているから、怖くないよ」

「水に顔をつけることは、怖くなかった？」

「毎日顔を洗ってるのに、怖いわけないよ」

ひなたの言う〝お婆ちゃん〟というのは、私の母ではなく、義母のことです。夫の実家は、神奈川の厚木にあり、軒先には広い庭があります。確かに昨夏、義母はそこにビニールプールを拵えて、ひなたに水遊びをさせていました。あのプールはひなたの基準でいうと、丼ほどの大きさなのかもしれません。私の生地は、埼玉の北西にある、深谷という街です。郊外とも田舎とも呼べないような寂しげな街です。この先、人口が減少し、衰退し、年老いていく街です。

途中、ひなたが静かになったかと思うと、街路の遥か遠くの空を仰ぐように見詰めていました。ひなたの黒目勝ちの瞳に最期の西日が差し、眼球の縁がやや赤らんでいます。ひなたの視線の先を辿ると、再開発地域の向こう側に聳える、送電鉄塔が見えました。鉄塔にお星様が灯っているよ——、ひなたは子供の声で、子供に言い聞かせるように、

「赤いお星様が、灯ったり、消えたり——」

家へ着くと、風呂上りの夫が缶ビールを片手に、やはり輪切りのトマトを食べていました。バスタオルを首に掛けて、ステテコパンツ一枚の姿でした。

「ひなたちゃん、初めてのスイミングスクールはどうだった？」

夫は私と同じことを訊きました。

「プールがすごく大きかったよ」
ひなたはまた手の平をお椀の形にしました。

＊

リビングのキャビネットの抽斗に、カセットテープが一つ入っています。エアコンの説明書や、単一の乾電池や、使わない爪切りと一緒に収まっています。それは唯一、私が深谷の実家から持ち帰ったものでした。いつか聴こうと思って持ち帰り、四年が過ぎてしまいました。この家にはカセットデッキがないのです。

深谷の実家は、私の祖父が建てた家です。岩手生まれの祖父は、上京して港区の商社に就職し、祖母と出会い、結婚と、大宮への転勤を機に、深谷に家を買いました。祖父が家を買ったのは、まだ二十代の頃だというのですから、高給取りだったのかもしれません。その祖父は五十歳という若さで病死し、祖母は私が保育園へ入る頃に亡くなりました。二人とも、最期は、安らかに、眠りに落ちるように亡くなったと聞きます。

私が物心つく頃には、母の離婚も成立していました。だから私は祖父が建てた深谷の家で、幼少期を母と二人で過ごしました。母子二人で過ごすには広すぎる、庭付き一戸建ての家です。私は子供の頃、家の中のあちこちに空洞が広がっているような、不思議な感覚を覚えることがありました。私はその空洞のことを、ときに〝幽霊〟と呼んでいたそうです。幽霊が奥の畳部屋からこっちを見ているよ、幼い私は、そんなことを言っては、母を困らせていたそうです。

母は大学卒業後に、祖父の勧めもあって、旅行会社へと就職しました。祖父は、海外旅行者数はこの後も伸び続け、旅行会社は安泰だと考えていたそうです。母は在学中に旅行業務取扱の資格を取得しており、大手から内定を得ました。実のところ、祖父のコネもあったとか、なかったとか――。祖父の言うように、旅行会社の業績はよく、母の給与も悪くなかったそうです。

母には兄が一人いました。私から見ると伯父に当たる人物です。伯父は私が短大の奨学金申請をするときに、保証人になってくれた人でもあります。伯父は工業系の高校を卒業した後に、茨城の建築会社へ就職し、北関東を回っては家を建てていました。当時は、深谷の実家にもよく遊びにきていました。私が接することのできる大人の男性は、伯父しかいませんでした。だから幼い頃の私は、伯父のことを〝パパ〟と呼んでいました。

まだ子供の居なかった伯父は、私にそう呼ばれて、満更でもない様子でした。よく商店街の甘味処で、白玉あんみつや、宇治金時をご馳走してくれました。ままごとセットや、着せ替え人形といった玩具も買ってくれました。だから私は余計に伯父に甘えました。母と伯父が結婚してくれればいいのに、本気でそう考えていました。私が小学校へ上がる頃に、伯父は職場で知り合った十歳年下の事務アルバイトの女子と結婚し、数年後、本当のパパになりました。その頃に、伯父は関西へ転勤になり、もう深谷の家に来ることはなくなりました。——

帰ってきてママが居ないと寂しいでしょう、と近所の人にはよく言われましたが、当の本人はそうでもないのでした。子供はどんな状況にも慣れてしまうものです。小学校から帰宅すると、私は漫画を読んだり、絵を描いたり、音楽を聴いたりして、午後三時半から午後六時半までの三時間を過ごしました。私はやはり、ときに居間の隣にある仏間から、幽霊が覗いている気がしました。私の家に棲みついている幽霊ならば、きっと祖父か祖母です。怖いことはありません。でも私は、仏間とは反対側の壁際、オーディオ・ラックが置いてある辺りで、多くの時間を過ごしました。

ラックの棚には、ビートルズやイーグルスやボブ・ディランなど、何枚ものレコード盤が収まっていました。ラックの上段にはＬＰ、中段には黒いＣＤコンポが置いてあります。伯父と違い、玩具やゲームは殆ど与えない母でしたが、ＣＤと漫画は気が向いたときに買ってくれました。居間には漆塗りの大きな座卓があります。でもコンポの再生ボタンを押すと、私はオーディオ・ラックの前の畳一枚ほどのスペースで、腹這いになって落書きやら塗り絵やらをするのでした。輪郭線だけが記された空白だらけの紙を、色鉛筆やクーピーで鮮やかに彩っていくことが、私は好きでした。

ときに些細な理由で母と喧嘩をしました。物を片づけないとか、勉強をしないとか、門限を守らないとか、どこの親子にも起こり得る、些細な理由です。私は母に叱られると、何も言い返せずに、すぐに涙を流す子供でした。殆どは逃げるように階段を駆け上がって自室に籠り、そのまま泣き疲れて眠りました。そういう日は大体、明け方には目が覚めてしまい、私は朝日の差す眩い洗面所で、鏡に映る自分の泣き腫らした顔を見るのでした。

いつか私は、母が帰ってきたことに気づかず、やはり腹這いのまま塗り絵を続けていることがありました。顔を上げると、蛍光灯の白い明かりの下に、買物袋をぶら下げた母が立っていました。あのときも何故か、また叱られるような気がして、色鉛筆を片手に、少し怯えた瞳で母の姿を見上げていました。

そしてある日、母は思い立ったように、私をスイミングスクールへ連れていきました。当時はクラスの殆どの子供が、何かしら習い事をしていました。珠算、書道、公文、ピアノ、英会話、皆が色々な習い事をしていて、それは必ず将来の役に立つと信じられていました。特にスイミングは人気でした。もしかしたら母も、受付で申込書を見て、思ったより月謝が高いことに途惑ったかもしれません。

初日にこそ大泣きしたものの、水に慣れ、色々な泳法を覚え、少しずつ泳げる距離が伸びていくと、次第にスイミングスクールが楽しくなりました。平泳ぎの試験に合格したとき、私は担当の男の先生に、バタフライなんて覚えても役に立たないよね、そう訊いたことがあります。いつも冗談ばかり口にする陽気な先生で、見た目も優しそうで、私は彼に懐いていました。そりゃ役に立たないけどさぁ、とはにかむ先生を、私は期待していました。でも先生は、黒いゴーグルを額へ持ち上げると、私の瞳をじっと覗き込み、バタフライは生きていく上で役に立つ、大人の声で、はっきりと言いました。

――平泳ぎを覚えて辞めてしまう生徒が多いけど、バタフライを含めて四泳法だからね。子供の頃に、一つの事柄を最後までやり通したという経験は、生きていく上で自信に繋がるものだと先生は思うよ。

私はその父親ほど年齢の離れた先生を前にして、途端に、胸が疼くような、頭が火照るような、そんな感覚に陥りました。

その翌週、私は突然スイミングスクールを辞めさせられました。母は、今度は私を学習塾へ通わせるといいます。学歴社会とか、受験戦争とか、そうした言葉をよく耳にする頃でした。その風潮に母が感化されたのかは分かりませんが、私に中学受験をさせると言います。その夏から週に三回、有名な進学塾へ、電車で通うことになりました。

考えてみれば、一般的な片親の子供に比べたら、私は随分と恵まれた環境にありました。母は正規雇用で就労していて、祖父の残していった保険金があり、父からの養育費の支払いがあり、ほぼ満額の児童扶養手当の支給があり、そして持ち家がありました。だから私はスイミングスクールへ通うことも、塾へ通うこともできたのです。母が積極的に予防接種を受けさせていたせいか、大きな病を患うこともありませんでした。

一度だけ、これは病気と呼べるか分かりませんが、小学六年の夏頃に、私は異常な空腹を覚えた時期がありました。夏期講習が終わって家に帰ると、母の不在をいいことに、スナック菓子やら、冷凍食品やら、レトルト食品を、腹に詰め込みました。酷いときは、鍋の湯が沸騰するのを待ちきれずに、インスタント麺をそのまま半分以上も貪ってしまいました。結果、三ヶ月で八キロも太り、さすがに心配した母が、私を近所の病院へ連れていきました。初老の赤ら顔の内科医は、まぁ、育ち盛りで食べ盛りだろうし、病院に来るほどのことでもないでしょ、一人娘で心配するのは分かりますがねぇ、と母に向かって事も無げに言い、私は露骨に嫌悪感を示したものです。以後、私は二度とこの病院を使いませんでした。

小学校を卒業する頃に、私の食欲は落ちつきました。結局、私は中学受験に失敗し、小学校の友達と一緒に、地元の公立中学校へ通いました。中学生になると、体重は殆どそのままで、身長だけが随分伸びたので、標準的な体型に落ちつきました。その頃になると、私はもう家で幽霊は見なくなりました。私が幽霊だと感じていたものは、生きた人間の気配がしない、ただの冷たい部屋でした。

不思議と、私は父に悪い印象を持つことはありませんでした。あるいは母が、父の悪口を言わなかったからかもしれません。私が母から得た父の情報は、本当に僅かなものです。トランペットが上手だった、車は中古のスカイラインだった、ハイライトを吸っていた、それくらいです。母の何気ない声色のせいか、私にはそのどれもが良い情報にしか聞こえず、そして私の想像する父の像は、どうしてもあのスイミングスクールの先生と重なるのでした。父に復讐してやりたいと、考えたこともあります。でも私の復讐は今一つ感情を伴わず、トランペットを浴槽に沈めてやりたいとか、中古のスカイラインに落書きしてやりたいとか、些か子供の悪戯めいたものに落ち着いてしまうのでした。

だから私はあの日、八王子のデパートに立ち寄ったのかもしれません。養育費は私が高校を卒業するまで、毎月三万円を支払うという取決めでした。その養育費が、一ヶ月分余計に振り込まれていたそうで、母が小遣いとして私の口座に振り込んでくれました。その頃、私は実家を出て、短大の近くにある日野のマンションで一人暮らしをしていました。学校帰りに八王子のデパートへ寄り、私はその三万円で、レースのついた真っ赤な下着のセットを買いました。駅前の歩道橋を、紙袋を提げて歩きながら、妙に浮かれていたことを覚えています。父は自分の支払った養育費で、娘が真っ赤な下着を買っているなんて、知る由もないのです。でも今になって考えると、父のことだから、わざと一ヶ月分、余計に養育費を振り込んだのではないか、そんな気もします。——

その年の秋から、私は日野駅の近くにある朝日弁当店でアルバイトを始めました。学校帰りに何度か利用したことがあり、唐揚弁当がとても美味しいのです。レジ担当が私で、厨房は鈴村という男性が担当していました。顎鬚と揉み上げを蓄え、ずんぐりしていて、小熊のようにも見えました。年齢は三十代後半かと思いました。

朝日弁当店は、奥さんに先立たれた宇佐見さんという老人が、一人で切り盛りしていました。その宇佐見さんが、病で床に臥し、実質、鈴村さんが店舗の経営を任されていました。働き始めて一ヶ月が過ぎた頃に、鈴村さんが、実はアルバイトで、私大の四年生であることを知りました。すでに大手の電化製品メーカーに内定が決まっていて、翌年の三月末で弁当屋も辞めるとのことです。——宇佐見の爺さんは、僕を跡継ぎにしたいみたいだけど、この先、オリジン弁当には勝てないだろうしなぁ、彼はそんなことを洩らしていました。

翌年の三月、鈴村さんは無事に大学を卒業し、宇佐見さんは病床で息を引き取りました。朝日弁当店は閉店し、結果、私は解雇となりました。顎鬚と揉み上げを剃ってさっぱりしたスーツ姿の鈴村さんと、弁当屋の軒先で線香を焚き、夕暮れの日野駅で別れました。近い将来に、私の苗字が鈴村になるだなんて、考えてもいませんでした。

結婚を機に、私達は三鷹にマンションを借りました。六畳の洋室が二つに、キッチンにユニットバス、広い部屋ではありませんが、二人で暮らすには充分です。その頃、特に夕食時なのですが、私は夫の横顔を延々と見詰めていることがありました。仕事帰りの夫が、座卓の向こう側で、テレビを観ながら自分の作った料理を食べている、そういう光景が何とも不思議に映るのです。少しはテレビも観たら、と夫が言うので、私は茶碗を持ったまま頷きます。でも少しすると、私はまた夫の横顔を見詰めていて、それに気づいた彼は居心地悪そうに背中を捩《よじ》るのでした。

深谷市の総合病院から電話がかかってきたのは、結婚して四年が過ぎた頃です。あれは事故だったのだと思います。今思い返してみても、やはり事故だったのだと思います。色々と悪いことが重なった上に起きた、不幸な事故だったのだと――。


これはつい最近のこと、ひなたが寝静まった後、夫に尋ねました。

「あなたの会社に、カセットデッキってあるかしら?」

「もちろんあるよ。備品室で山のように化石になってるよ」

「暇なときでいいから、一つ借りてきてくれる?」

言葉はすらすらと出ました。勇気はいりませんでした。ふと思い立ったときに、立ち止まらないで、そのまま口にしたので。

そのカセットデッキが、今では二階の四畳半の和室に置いてあります。

ふと思い立つのを、私は待っています。

＊

五月の休日に、家族で千葉の北端にある遊園地へ出かけました。郊外にある小さな遊園地で、休日でも空いているというので、以前から夫が興味を持っていました。園内は沢山の樹木で囲まれています。春楡《ハルニレ》の若葉は陽光が透けて檸檬《レモン》の色に染まり、ブナの青葉はそこに少し黄緑を混ぜた色合いで風に揺れていました。確かに来園者の姿は疎らです。お客さんが乗らないアトラクションは止まっています。コースターもコーヒーカップもメリーゴーランドも静止しています。だから園内は静けさに包まれており、枝葉のそよぐ音がよく聞こえます。

夫とひなたはサイクル・モノレールに乗りました。二階ほどの高さにレールが敷いてあり、ペダルを漕ぐとゴンドラが進んでいくアトラクションです。ひなたの姿が見えたら動画を撮ろうと、私はスマートフォンを片手にゴンドラが現れるのを待ちました。遠くでメリーゴーランドが動き出し、その音色が私の座るベンチにまで届きます。楽しげな曲が流れているのに、それがどこか寂しげなものに変わってしまうのは、風向きのせいかもしれません。音の流れる向きと、風の流れる向きが、少しずれているのです。

レールの曲がり角、春楡の枝葉の向こうから、ゴンドラに乗った夫とひなたが現れました。スマートフォンを空へと向け、撮影ボタンを押します。液晶画面の中で、笑顔のひなたが左右に大きく手を振っています。その隣で、夫は真剣な顔つきで、忙しそうにペダルを漕いでいます。私が手を振り返すと、ひなたは夫の肩を叩きました。それで夫も私に気づき、慌ただしく手を振りました。ゴンドラが次の曲がり角に差し掛かると、二人の姿は木陰の中へ消えました。

メリーゴーランドが静止し、辺りには再び枝葉の揺れる音が響きます。風の中には、確かに緑樹の匂いも含まれています。どうして自分の感覚が敏感になっているのか、ようやく気づきました。私はもう何年も、一人で何かを待つという経験をしていませんでした。こういうとき、私はいつも、足元に絡まってくる胡桃《クルミ》を撫でたり、その丸い瞳に話しかけたりしていたのです。

胡桃が家に来たのは、今から十年以上前のことです。あの頃、私は産婦人科の医師から不妊症の疑いもあると言われ、後に体調を崩しました。食欲がなくなり、眠りが浅くなり、生きる意欲のようなものが、日々、減退していきました。特に子供が欲しいわけではないのに〝不妊〟という言葉に心身が過剰に反応したのは、何かしらの役割を否定された気持ちになったからでしょうか。その休日の朝も、私は居間からぼんやり窓外を眺めていました。三月に積雪のあった年で、桜の裸の梢に薄く雪片が乗り、その雪の中にも確かに赤く硬い新芽が覗いていました。夫は洗面所で、長いこと顔を洗ったり、髭を剃ったりしていました。その夫がようやく居間へ戻ってきて、

「僕は結婚したら、犬を飼うことが夢だったんだ。庭のある二階建ての家に、元気なワンコ。家はまだ無理だけど、犬ならすぐ買える。さっそくホームセンターのペット売場を見にいこう」

　妻が衰弱しているときに、自分の夢を叶えようとする夫に呆れました。でもあまりに強く誘うので、私が折れました。車のエンジンを温めている間、私は一人、雪の残るマンションの中庭を歩きました。確かに夫は、ペット可のマンションを選んでいました。子供の頃、実家には柴犬がいたとも聞きます。私は軟らかい雪の感触を足底に覚えながら、漫《そぞ》ろ歩きを続けました。足跡を付けた場所だけ、雪が薄くなり、芝生の緑が覗きます。吐く息は白く、でも確かに春の匂いを感じます。若葉や新芽や蕗《フキ》の薹《トウ》の匂いです。冷気と春の匂

いで胸の中が満たされると、ようやく目が覚めた気分になりました。物音が聞こえて振り向くと、街路でせっせと雪掻きをする、夫の丸まった背中が見えました。

ホームセンターのペットショップには、十種ほどの仔犬がいました。ケージの中を走り回っている仔犬もいれば、腹を見せて眠っている仔犬もいます。夫はその中から、生後半年のシーズーを買うと言い出しました。シーズーはクッションに顎を乗せて、丸い瞳でじっと私達を見詰めていました。

「生き物を飼うのだから、よく考えてからのほうがいいんじゃない？」

でも夫は引きませんでした。少し怒っているようにも見えました。そんなに犬を飼いたかったなんて、私は初めて知りました。

栗色のふっさりとした毛並みの仔犬でした。目や耳周りの毛も栗色で、一方で腹部には豊かな白毛が生えています。尻尾は二色が混ざってマーブル模様でした。私達は仔犬に胡桃《クルミ》という名前をつけました。

でも今にしてみれば、あの日、私をペット売場へ連れ出したのは正解だったかもしれません。胡桃に餌を与えるうちに、胡桃を散歩へ連れ出すうちに、胡桃に話しかけるうちに、私は日常の私を取り戻し、結果、胎内に生命を宿すことができたのです。

私は胡桃がまだ生きていたときの、骨の感触を覚えています。昼食後、胡桃はよく窓辺の座布団の上で、背中を丸めて午睡をしていました。陽光で温められた腹部に触れてみると、柔らかな体毛の中に、いくつかの小さな骨の感触を覚えました。丸みを帯びた滑らかな肋骨の感触、その骨の硬さとは別に、呼吸によって上下する筋肉や脂肪の柔らかさも、手の平に伝わりました。それから心臓の音も。五本の指先に、とくんとくんと、確かに生きている動物の拍動が伝わると、私は身動きが取れなくなることがありました。胡桃の小さな寝息を聞きながら、私自身の呼吸は止まっていたかもしれません。——

サイクル・モノレールの出口ゲートに、夫とひなたの姿が見えました。ひなたは夫を見上げて何かを言い、二人はゲート近くのログハウスへ立ち寄ります。ひなたがソフトクリームをおねだりしたようです。胡桃が死んだとき、ひなたは泣きませんでした。唯、硬く冷たくなっていく胡桃の腹を撫でていました。遺体を木箱へ納めて、火葬場へ連れていくときになって、ひなたは泣きました。

——焼いたら、胡桃が死んじゃうよ。

涙が、本当にぽろぽろという感じで、濡れた瞳から次々に溢れてきて、その顔を見て、私の頭はひなたで一杯になってしまい、胡桃に申し訳ない気持ちになりました。

「ママは一人で待ってばかりで退屈してない？」

ひなたがソフトクリームを舐めながら尋ねます。

「ママは、ひなたとパパが遊んでいるのを見るのが楽しいから」

「ふぅん、へんなの」

「観覧車なら、三人で乗れるな」

「私、高い所が苦手なんだけど」

「いこう、いこう」

観覧車乗り場にも人の姿はなく、空のゴンドラばかりが上空へと登っていきます。私達は係員に案内され、赤いゴンドラへと乗り込みました。ひなたは窓に額を押し付けて外を眺めており、私は両手でずっと窓枠の鉄棒を握り締めていました。もうすぐ十二時だよ、ひなたが振り向いて言います。腕時計を見ましたが、もう午後三時を過ぎようとしています。こういうとき、私は安易にひなたの回答を求めず、自分で考えてみます。観覧車は丸い物で、時計も丸い物です。ゴンドラは秒針の先端の矢印のように、円の周囲をゆっくりと廻ります。それで時間ではなく、ゴンドラの位置のことだと気づきました。

十二時の場所からは街並みを一望できました。様々な色合いの家々の屋根が見え、街道の車の列が見え、線路をのろのろと動いていく列車が見えます。地表の最も遠くには、おそらくは日光のものだろう峰々が見え、稜線の向こうの白々しい空には、薄い片雲が散らばっています。

ひなたは窓ガラスから額を離すと、急に静かになりました。私は再び、ひなたの頭の中で何が起こっているのか考えてみますが、今度は見当もつきません。ひなたは無垢とは違う、むしろ何かを見透かしたような瞳で、十二時の場所から見える世界をじっと見下ろしていました。

遊園地の帰り道、私はひなたを叱りました。私とひなたは遊園地の出口で、夫の車を待っていました。明るい色の見慣れたセレナが並木の向こうに現れたとき、ひなたが辺りを見ずに駆け出して、駐車場を走る別の車にクラクションを鳴らされたのです。ひなたがその音に驚いて身を仰《の》け反《ぞ》らしたとき、私の頭は途端に熱くなり、ひなたの腕を引き摑み、平手で頰を打ちました。

「駐車場で走ってはいけないと言っているでしょう！」

ひなたは一瞬目を丸くした後に、両方の目蓋でぎゅっと瞳を鎖《とざ》し、打たれた側の薄桃の頬を手の平で押さえると、大声を上げて泣きました。夫が車のドアガラスから顔を出します。さっきまで笑顔だったひなたは泣き顔に変わり、私は鋭い目つきで路傍を睨んでいます。夫は半笑いを浮かべて、瞬きを繰り返していました。

ひなたは車の助手席でも静かに泣き続けました。外食して帰る予定でしたが、ひなたがそんな調子なので、スーパーで手巻寿司を買いました。家に着くと、ひなたは二階の自室に籠ってしまいました。私は無言でソファーに座ったまま、ときに天井を見上げ、ときに自分の手の平を見下ろしました。ひなたの頬を打ったとき、私の手の平は痺れました。おそらくは、打たれたひなたと同じくらいに。そして今度は、ひなたの押し殺したような泣き声が、私の中からも聞こえてきます。どこか寂しい場所に一人で取り残されて、しくしくすすり泣いている、そんなふうに響いてきます。

夫はどういう了見か、台所でインスタントの麻婆豆腐など作っています。姿は見えませんが、俎板《まないた》の音と、木箆《きべら》の音、匂いで分かります。調理を終えたらしい夫が、じゃあ今回は僕の番ということで、そう洩らし、リビングを出て階段を上っていきました。

——両親が二人とも怒っていたら、ひなたちゃんに逃げ場がなくなっちゃうから。いつか夫は言いました。それを聞いて、この人は愛されて育ったのだと思いました。父親と母親から、正当な愛情を受けて育ったのだと。

階段を上る足音が途絶えて少しすると、二階からひなたの大きな泣き声が聞こえてきました。ひなたはこういうときに優しくされると、余計に泣くものでした。私は再び自分の手の平を見詰め、それから、ひなたと仲直りをする準備をしました。

＊

何年かぶりに、伯父から電話がありました。八月に海浜幕張で研修があるので、私達の家に二日ほど泊まらせて欲しいとのことです。伯父は大阪へ転勤して数年後、今度は名古屋支社へ異動になり、その折に日進市に一軒家を買いました。今では息子さんも家を出て、伯父は年の離れた奥さんと二人で暮らしています。私は受話器の向こうから聞こえてくる、煙草の吸い過ぎで嗄れているのにどこか丸味のある伯父の声に、懐かしさを覚えました。

私が高校三年生の夏にも、伯父は研修か何かで、深谷の実家に三日ほど泊まりました。あのとき伯父には申し訳ないことをしました。数年ぶりに会う伯父と、どう接していいか分からず、思春期特有の羞恥も手伝って、私は殆ど口を利かなかったのです。夕食時も訊かれたことに答えるのみで、早々に食卓を後にしました。居間を出ると、私はドア近くの薄闇の中で聞き耳を立てていました。俺、早苗ちゃんに嫌われちゃったのかなぁ――、昔は、パパ、パパって懐いてくれたんだけどなぁ――、伯父の、溜息混じりの声が聞こえてきました。早苗は難しい年頃だから、母は答えました。私は素直になれない自分自身が腹立たしく、奥歯を噛みながら階段を上ったものです。

　ひなたが生後三ヶ月の頃に、伯父は三鷹の家に泊まったこともあります。やはり都内で管理者研修があるとかで、一泊させて欲しいとのことでした。私は里帰り出産をしませんでした。産後に心身が不安定になるというのなら、私は夫や胡桃と離れたくなかったし、いずれにせよ母は仕事を続けていたので、赤子の面倒を看る時間などないと思いました。代わりに義母が、神奈川から三鷹まで手伝いにきていました。思いの外、私の産後の体調は頗《すこぶ》るよく、かつ、ひなたは手のかからない赤子でした。黄色のガラガラを片手にベビーベッドを覗き込むと、ひなたの瞳は私へと向けられ、ガラガラへと向けられ、再び私へと戻ってきます。その様子を傍で見ていた義母は、もう追視ができるんだねぇ、うちの息子のときよりよっぽど利口だよ、と感心していました。その翌週、義母は何やら夫に小言を並べた後に、実家へと帰っていきました。

伯父が三鷹の家を訪問したときには、私も二十代半ばで、精神的にも成長していたので、妙な羞恥を抱くこともなく、大人として普通に接することができました。あの夏の、幼さ故の過ちを払拭するかのように、私は伯父を持て成しました。子守は夫に任せて、唐揚げとタコサラダとしじみの味噌汁を作りました。伯父はビールが好きなので、金平牛蒡、茄子のおひたし、アスパラとチーズの竹輪揚げなどの摘まみも作って、食卓に並べました。夫が伯父にビールを注ぎ、伯父が夫にビールを注ぎ、どうもどうも、などとやり取りをしています。胡桃はベビーベッドの下で、白い腹を見せて眠っていました。そのベビーベッドから、ひなたのお腹が空いたという声が聞こえてきて、私は席を立ちました。その頃の私は、ひなたの言葉にならない言葉から、不思議と凡《およ》その意味を汲み取ることができました。クッションを敷いて、横抱きで授乳します。あの早苗ちゃんが、もうすっかりお母さんだねぇ、と伯父は感慨深げでした。

伯父は酔いが回ると、幼い頃の私の話を始めました。商店街の玩具屋に連れて行くとね、早苗ちゃんはずっと手を繋いだままで、放してくれないんだよ。レジ前で会計をするときに手を放すと、その間はずっと俺のズボンの端を握ってるんだよ。会計が終わると、またすぐに手を繋ぐの。やっぱり寂しいのかなぁって思ったなぁ。いったい、いつの話をしてるんですか、と私はひなたを抱いたまま笑みを溢しました。伯父は研修後に、深谷の実家にも立ち寄ると言いました。たまには親父とお袋に線香でもあげていこうと思ってね、そう洩らし、再び夫のコップへビールを注いでやりながら、

「春菜にはもう、ひなたちゃんは見せたのかい？」

確かにそろそろ、母に赤子を見せる時期かと思いました。

翌月、私達は深谷の家を訪れました。私と夫は漆塗りの座卓に並んで座り、母は向かい側へと座りました。どこから買ってきたのか、母はお茶菓子にマカロンなど出してきました。皆で世間話をしながら、その色とりどりのマカロンを摘まみました。ときに夫は、意味もなくオーディオ・ラックのレコードを手に取り、繁々《しげしげ》と眺めていました。ひなたはというと、私の隣の座布団で仰向けになり、手脚を動かしながら、だぁだぁと赤ちゃん語を発していました。空腹なわけでもなく、おむつが濡れているわけでもなく、抱っこをして欲しいわけでもない、意味を伴わない、ただのだぁだぁです。

あるとき母はひなたの座布団へ擦り寄り、窺うような瞳で、私達夫婦を見遣りました。レモン色のマカロンを口へ運ぼうとしていた、私の手は止まりました。母はひなたのふくよかな手の平へ、自分の人差し指を乗せました。するとひなたは言葉を発することを止め、

その指をぎゅっと握り返し、赤子の円《つぶ》らな黒い瞳で母を見上げました。一瞬、母の瞳には、怯えのような陰りが過《よ》ぎりました。私はマカロンを口元で静止させたまま、母と、ひなたと、赤子の手に包まれた大人の指とを、順番に見詰めました。三つ呼吸が過ぎた頃、母はすっとその指を引き抜いて、自分の座布団へと戻りました。ひなたは我に返ったように再び赤ちゃん語を発し始め、私達もまた世間話を再開しました。赤子に怯える大人などいないので、陽光の加減で、瞳に、陰が落ちて見えただけだと思います。そしてひなたは赤子ながらにも、母が、自分と繋がりのある人間であることを、感じていたのかもしれません。

母が仕事を辞めていたことを、その日に初めて知りました。今は近所の百円ショップで、パートとして働いていると言います。確かに、もう私に学費が掛かることもないし、家のローンもないのですから、正規雇用で働いてまで稼ぐ必要もありません。パートならば自分の時間も多く持てるだろうし、丁度良いと思いました。翌日は夫の休日出勤があったので、日暮れ前に私達は三鷹へと帰りました。帰路の車中で夫は、一人で住むにはやっぱり広い家だねぇ、と何か腑に落ちない様子でしたが、私は親孝行をした気になって上機嫌でした。ひなたはというと、後部座席のチャイルドシートで静かな寝息を立てていました。

それから一年が過ぎようという頃でしょうか、珍しく母から電話がありました。何でも一ヶ月ほど前に玄関で転倒して後頭部を六針縫い、三日ほど入院していたというのです。私が心配すると、出血は結構あったけれど、意識は、はっきりしていたし、大丈夫だと答えます。歳を取ると足腰も弱くなるから、気をつけなければ駄目ね――。私は母の電話に、違和感を覚えました。母は玄関で転ぶような、うっかりをする人ではないのです。それに何故、怪我をして一ヶ月も過ぎた頃になって、電話をしてきたのでしょうか。すぐに教えてくれれば、見舞いへ行くこともできたのに――。

私は母が嘘をついている気がしてなりませんでした。昔から、母は嘘が上手な人でした。特に仕事の電話に出るときなど、驚くほど巧みな嘘をつらつらと述べて切り上げることがありました。その頭の回転の速さや、自信に満ちた口調には、子供の私が幾らか畏怖を覚えるほどでした。あのときと同じように、母は嘘をついている――、でも入院の一件で、母が嘘をつく必要はどこにもありませんでした。私は小首を傾げながら、受話器を置きました。結果としてそれが、私の聞いた、母の最後の声となりました。

床に散乱した硝子花瓶の破片が、真夏の陽光を浴びて透き通るような水色に煌めいていたこと――、母子二人が差し向かう沈黙に浸された居間に、油蟬の鳴き声だけが延々と響いていたこと――、母を想起するとき、私の記憶はときにあの夏の日の午後に行き着いてしまいます。母は私の頰を打った手を、もう片方の手で骨と血管が浮き出るほどに強く握り、苦痛に顔を歪めるような表情を浮かべて洩らしました。

――私だって本当は、あんたのこと堕ろすつもりだったのよ。

自分が母親になった今でも覚えているのだから、忘れることはないでしょう。でも、お互い様であったのかもしれません。あの高校三年生の夏、伯父が日進へ帰って数週が過ぎた頃、進路相談を兼ねた三者面談がありました。見慣れない濃紺のスーツを着た母は、指定校推薦が厳しいと分かると、妙なことを言い出しました。私を某国立大学へ進学させたいと言うのです。訳が分かりませんでした。私の学力を考えればそれが無理なことは明らかでした。冗談か皮肉かと思いましたが、母の瞳は真剣そのもので、私は余計に訳が分からなくなりました。その場は担任教師の立ち回りで丸く治まりましたが、帰宅後に一寸《ちょっと》した口論になり、母は何故か中学受験に失敗した話まで持ち出し、私は自分でも驚くほどこの話題に過剰に反応し、硝子花瓶を床に叩きつけて割りました。そして頰を打たれました。焼けるような頰を手の平で押さえ、口の中に確かな血の味を覚えながら、私は母に、何か、相当に酷い言葉を吐き捨てました。その応酬として、母から返ってきた言葉なのです。私が具体的にどんな言葉を発したのかは、さすがにもう忘れてしまいましたが――。

伯父は受話器の向こうで咳払いをした後に、手土産に和菓子を買っていくと言います。名古屋に美味しいういろうの店があるそうです。

「でも、ひなたちゃんは、ういろうなんて食べるもんかね」

「あの子は雑食なんで、なんでも食べますよ」

電話を切った後も、余韻のようにして、伯父の声が私の中に残っていました。その余韻を抱えたまま、二階のベランダへ洗濯物を取り込みに向かいました。日向の匂いのする洗濯物を抱えて部屋に戻り、ふいと和室へ目を遣ると、借りたままになっているカセットデッキが、午後の陽に鈍色《にびいろ》の光を照り返していました。

その日の夕刻、リビングでワイシャツのアイロン掛けをしていると、ひなたが声を弾ませてスイミングスクールから帰宅しました。イルカ跳びと、ラッコ浮きの試験に合格したと言います。イルカ跳びはフラフープの輪を潜《くぐ》るというもので、ラッコ浮きはビート板を抱えて仰向けに浮くというものです。話だけ聞くと、誰でも受かりそうな試験でした。

「すごいじゃない。うちで水泳が一番上手なのは、ひなたかもしれないわね」

「ママもパパも泳げないの？」

「ママもパパもカナヅチだから」

それを聞くと、ひなたはその場でぴょんぴょん跳ねた後に、スイミングバッグを洗濯カゴへ放りました。物を投げるんじゃありません、と私は慌てて叱りました。ひなたはTシャツと肌着をいっぺんに脱ぐと、浴室へと駆けていきました。浴槽の蓋を開ける音が響いた直後に、勢いよく湯船へ浸かる音が聞こえたので、私はリビングから顔を出して、ちゃんと身体を流してから入りなさい、再び叱りました。

＊

胡桃の死から、もうすぐ四十九日になります。ベッドや餌皿やブラシなど、名残惜しいですが少しずつ処分し、家の中から胡桃の生きていた気配は薄れていきました。ただ骨壺だけは、未だキャビネットの棚の上に置いてあります。あの火葬場の係員は、特に決まり事はないと言いましたが、私は未だ遺骨をどうするべきなのか考えあぐねていました。洗濯物を畳みながら、ふいとキャビネットへ目を遣ると、円錐形の白い陶器の骨壺が、そこで西日を浴びています。

テーブルの上では、二枚の緑樹の葉がくたりとしています。楓《カエデ》と紅葉《モミジ》は葉っぱの形が違うんだよ、などと洩らしながら、ひなたはスイミングスクールから帰宅しました。楓はうちの玄関横から摘んだのでしょうが、紅葉はどこから摘んできたのでしょうか。結局、バス停までの送り迎えをしたのは初日だけで、二日目からはひなたに、恥ずかしいからいらない、と言われてしまいました。

今日はスクールで、ワニバタ足の練習をしたとひなたは言いました。浅いプールで、プールの底に手をつきながら進んでいくバタ足なのだそうです。

「ワニバタ足の試験はね、十五メートルで合格なんだよ。でもひなたは、もう向こう岸まで泳げるんだよ」

「ひなたは運動神経もいいし、水泳の才能があるのかもね」

「でもね、勝負はビート板のバタ足からなんだよ。この試験はね、半分くらいの子しか合格できないんだよ」

「じゃあそのときは、ママも応援に行くね」

そのひなたは、テーブルの向こうのソファーで、クッションを枕に、微かな寝息を立てています。夕食を待つ間に、ひなたは眠りに落ちました。ワニバタ足で沢山泳いだので、疲れているのかもしれません。

洗濯物を畳み終えると、折脚テーブルを迂回してソファーへと擦り寄ります。何か得をした気分になりながら、ひなたの寝顔を眺めます。眠りに落ちているときのひなたは、普段より随分と幼く、五歳くらいの幼児に見えることもあります。白い頬っぺたはふっくらと膨らみ、笑窪のできる場所は、桜色に色づいています。薄く開いた唇の内側に、白い前歯が覗いており、ときにぴぃぴぃと寝息が洩れてきます。私に似て薄めの唇ですが、睫毛には長さと量があり、もう少し成長して鼻筋が通れば、結構な美人になると思います。

先日、遊園地の帰路、久しぶりにひなたの泣き声を聞いたせいか、私は寝顔を見るうちに、ふと乳児期の夜泣きを思い出しました。ひなたは赤子のときから、寝付きがよく、寝起きの機嫌もよく、手のかからない子でした。そのひなたが、二歳を過ぎた頃に、突如、夜泣きを始めました。普通の夜泣きとは違い、眠ったままの状態で、悪夢でも見ているかのように、大声で泣き叫ぶのです。それは毎晩、深夜二時を過ぎた頃に始まり、抱っこしても、背中を擦っても、泣き止むことはありません。

病気のサインではと病院で診てもらいましたが、夜驚症という らしく、乳幼児によくある症状なのだそうです。根本的な原因があるわけではなく、脳の作りや性格によるものが殆どで、しばらく様子を見ていれば大抵はすっかり治ると、医師は述べました。一方で年配の看護婦は、きっとひなたちゃんは寂しいんですよ、そう言いました。——ママがたくさん愛情を注いであげれば、ひなたちゃんも安心して、ぐっすり眠れると思いますよ。

その後もひなたの夜驚症は続きました。深夜ばかりでなく、朝方や、昼寝中に泣き出すこともあり、次第に私も不眠に陥りました。夫は繁忙期で家に居ないことが多く、また胡桃が肝臓を悪くして、点滴を受ける為に入退院を繰り返していた時期でもありました。私は一日の殆どの時間を、マンションの一室で、夜驚症のひなたと二人きりで過ごしました。不眠のまま、掃除、炊事、洗濯をして、赤子の世話もして、散歩をすることすら儘ならず、私の心身は消耗していきました。

その日、私は夕食の準備をして、洗濯物を取り込み、ソファーに腰掛けるうちに、そのまま眠りに陥りました。その浅い眠りの中に、再び、ひなたの泣き声が響いてきます。目蓋を持ち上げ、どうにか身体を起こし、でも心身は未だ眠りを求めており、途方もなく重い足取りで、ひなたのもとへ向かいました。間仕切りで区切られた隣の洋室は、西日で茜色に染まっています。夕陽に照らされた子供用のベッドで、ひなたは両手脚をばたばたさせて泣き喚いています。その耳を裂くような甲高い金切り声は、とても娘の声には聞こえず、どこか違う家の子供が泣いているかに感じられました。私の歩みは止まっていました。間仕切りの端からそっと顔を出し、ひなたの姿を無言で見詰めるうちに、ふいと口元から、溜息のように、溢れるように、零《こぼ》れました。

「ざまぁみろ――」

そのとき、マンションの玄関の鍵を開ける音が聞こえました。早歩きの足音が、こちらへと近づいてきます。スーツ姿の夫が鞄を抱えたまま部屋へ入ってきて、ベッドを覗き込み、ひなたをあやしていました。私は足音を殺して間仕切りから後退《あとずさ》り、再びソファーで横になり、眠ったふりをしました。ひなたが泣き止むに連れて、私の瞳からは次々に涙が溢れ、生温かいものが耳や髪の毛まで濡らしていきました。身動きせず、背中を丸めたまま、夫が私を揺すり起こすのを待ちました。

数日後、ひなたの夜驚症はぴたりと治まりました。寝付きがよく、夜泣きもしない、いつものひなたに戻りました。そしてひなたは、私達の言葉を理解し、自分からも意味のある言葉を発するようになりました。今にしてみれば、夜驚症はひなたの成長に必要な過程だったのかもしれません。

夫の繁忙期も過ぎ、胡桃の肝数値も正常値に戻り、母子ともに日常を取り戻したある昼下がりに、電話が鳴りました。電話口の女性に、久保田さんですか、と私の旧姓を呼ばれ、途端に過去へと引きずり込まれました。彼女は、冷静な口調で淡々と事実を述べ、私もまた努めて冷静に応対しました。私は時計を見て、中央線や高崎線の時刻を確かめ、僅かな動悸を抱えながら、夫へと電話をしました。――

ひなたの寝顔を見ることに飽きると、テーブルの上へと目を遣ります。ひなたの摘んできた楓の葉を手に取り、葉柄を軸にして観察してみます。葉の根から細かな葉脈が伸び、緑、黄緑、黄色と、葉先に向かって少しずつ色合いが変化していきます。人間は数本の血管が破損しただけで死に至ることもありますが、植物は葉脈が傷ついても全体が枯れてしまうことはありません。循環だけを考えると、植物のほうが優れているのかもしれません。

楓の葉をテーブルへ戻すと、手持ち無沙汰になり、気づくと、私はまたひなたの寝顔を眺めていました。薄い目蓋の内側で、眼球がぴくりぴくりと動いています。夢を見ているのかもしれません。私はひなたの夢を覗いてみたい気持ちになりますが、私とひなたは違う人間なので、それは叶いません。

長いことひなたの寝顔を眺めていると、次第にどうにもならない感じになります。頬っぺたの膨らみを抓《つね》ってみたり、鼻を摘まんでみたり、そんな悪戯をしたくなります。でもひなたを起こしてしまうと悪いので、眺めるだけにしておきます。唇の端から涎が垂れ、クッションにまで達しそうだったので、それはちり紙で、そっと拭います。

*

駅近くの神社で縁日がありました。毎年、六月に二日間催されます。せっかくなのでひなたに浴衣を着せました。黒地に花柄の浴衣で、襟には白いレースが付いています。上着とスカートに分かれている子供用のものですが、帯を締めると、見た目は本物の浴衣と変わりません。

「ママは浴衣を着ないの？」

「ママが浴衣を着るとなると、一大事になるから」

薄暮れの街路を、サンダルで歩きます。電線には数羽の椋鳥《ムクドリ》が留まっていました。空へ頸を伸ばして、羽を僅かに上下させて、ぎゅうぎゅうと鳴き声を発します。嘴を胸元に突っ込んで毛繕いをしている椋鳥もいれば、お隣さんにちょっかいを出している椋鳥もいました。とある椋鳥は、皆と少し離れた場所で佇み、じっと日没の方角を見詰めています。ひなたを産んでから、私は目がよくなりました。視力が上がったわけではなく、ひなたが、普通なら気にも留めない物にまで興味を示すので、次第に私までひなたの目線で物を見るようになったのです。団栗《ドングリ》や葈耳《オナモミ》や蒲公英《タンポポ》の綿毛、私はそうした存在を何年も忘れていました。夕方によく電線で椋鳥が鳴いていることも、ひなたに言われて初めて気づいたのです。

私は椋鳥を観察しながら歩いていたのですが、ひなたはずんずんと前へ進んでいきます。だから私は何度か娘を呼び止めました。ひなたは歩くのが速すぎ、そう言うと、ママが遅いんだよ、と答えます。それで私は電線を指差して、今日も椋鳥が鳴いているわよ、と得意気に言います。するとひなたは浴衣の裾を翻して、

「ママはときどき子供みたい」

電線の椋鳥が眺めていた太陽はもうどっぷりと沈み、頭上には淡い紫色の空が広がっています。その空の下で、夜店の裸電球や、吊り提灯が、参道を仄明るく照らしています。綿飴、水飴、林檎飴——、焼きソバ、イカ焼き、ソース煎餅——、こういうものは、年月が過ぎても変わらないものでした。ただ、参道に人の姿は疎らでした。私が子供の頃に訪れた深谷市の縁日は、もっと人で賑わっていた気がします。

杏子飴を買うと、ひなたが夜店の親父とのジャンケンに勝ちました。勝つとオマケでもう一つ飴を貰えるのです。それで私も一つ食べることになりました。最中《モナカ》の皮の上に缶詰の蜜柑がのっている飴を貰いました。

「蜜柑を選ぶ人を初めてみたよ」

「小さい頃から気にはなっていたのよ」

参道を奥まで進むと夜店は途切れ、その先は拝殿へと続く長い石階段が伸びています。階段を上る前に、手水舎《ちょうずや》で手を洗い、口を嗽《すす》ぎました。ひなたは柄杓に口をつけて、ごくごくと水を飲んでいました。

「この水は飲まないの」そう注意すると、ひなたは口元を浴衣の袖で拭いました。

「袖で拭わないの」私はひなたにハンカチを渡しました。

石段を登ると、灯籠の仄明かりの中に拝殿があります。賽銭箱の前で、ひなたに五円玉を二枚渡します。ひなたは手の平を見詰め、私を見上げ、それから五円玉を賽銭箱へ放りました。鈴紐を揺すり、姿勢を正します。二度礼をして、手を叩き、最後に深くまた礼をします。ひなたは私を横目に見ながら、少し遅れて、私と同じ動作をしました。帰り道、石段手前の鳥居をくぐる頃に、

「ママは何をお願いした？」

「お願い？」

私は礼をしたとき、お願いどころか、何も考えていませんでした。参拝のときは二礼二拍手一礼をする、そう教わっていたので、そうしただけでした。

「ひなたは何かお願いしたの？」

「バタ足の試験に受かりますように。あと三十センチ背が伸びますように。みんなが健康でありますように」

「あの短い間にそんなにお願いしたの？」

「早口でお願いしたよ」

「ママも何かお願いすれば良かったわね」

石段の途中で、浴衣姿の女の子たちとすれ違いました。一人は御面を頭の上に乗せて、一人は蛍光色に光る団扇《うちわ》を持っています。ふと、ひなたがまだ杏子飴しか買って貰っていないことに気づきました。

「金魚掬いでもする？」

ひなたは首を振りました。

「金魚はビニールに入れて持ち帰っても、すぐ死んじゃうから」

「じゃあ、くじ引きでもしよっか」

三角くじを開くと、私はハズレで、ひなたは二十八番でした。

「二十八番、水風船」

夜店の親父が嬉しそうに言いました。当たりを引いたひなたよりも嬉しそうでした。ひなたは水風船のゴムの輪に、中指を通しました。青空の色をした水風船には、二三の赤い金魚が描いてあります。さっそくひなたが水風船をぽんぽんと叩くと、風船の中で波打っては弾ける水が、夜店の裸電球の灯りに透けて見えました。

参道を抜けて街路に差し掛かる頃に、背後から玩具の鉄砲の音が聞こえて、振り返ると、途端にお腹へくる野太い音が響いて、参拝をした拝殿の横に、菊の大輪が打ちあがっていました。

縁日の翌日、私はスイミングスクールの授業見学へ出かけました。ひなたからは、ワニバタ足と、顔つけワニバタ足の試験に合格し、今はとうとうバタ足の練習をしていると聞いていています。ビート板を使って、コースを真っ直ぐ進んでいくひなたの姿を期待していたのですが、プールにコースロープは張られておらず、代わりに一メートル四方ほどの巨大なピンク色のビート板が浮いていました。ビート板の左側の端に三人の子供が捉まってバタ足をし、右側の端にも三人の子供が捉まって、バタ足をしています。私はその中に、赤いスイムキャップを被ったひなたの姿を見つけました。

受付から内山さんがやってきて、やはり〃ママさんコース〃を勧めてきました。私は苦笑しつつ、曖昧に首を傾けました。スイミングプールを指差し、あれは何をしているんですか、と尋ねます。内山さんはたっぷりとマスカラの乗った睫毛を瞬かせた後に、相撲をしているんですよ、と答えました。ビート板の端で、双方がバタ足をして、プールの底の青線から押し出された側が負けなのだと言います。

「あれは何かの役に立つんですか？」

私が訊くと、内山さんは再び睫毛を瞬かせた後に、目尻に皺を寄せて、

「役に立つかは分かりませんけど、でも、みんな楽しそうですよ」

先生の笛の音が響き、勝敗が決まったようです。勝った側の生徒が、プールの底を蹴って飛び跳ねたり、万歳をしたりしています。ひなたは負けた側の生徒へ、笑顔で水を掛けていました。

＊

大人用の湿布を鋏で半分に切り、裏面のシールを剝がして、貼る位置を確認します。ひなたは布団で横になり、いつもとは違う、少し不規則な呼吸をしています。私はひなたの腫れた頰へ、そっと湿布を乗せます。薬を飲んで眠っているせいか、ひなたは湿布の冷たさにも反応しません。湿布は気休めにしかならないと医師は言いましたが、結局はひなたが眠った後に、私は自転車で近所の薬局へと向かいました。左側の頰へ、もう一枚の湿布をそっと貼ります。それは私自身の、気休めに過ぎないかもしれません。

ひなたが熱を出したのは、縁日の翌週のことです。起床の時間になっても一階に下りて

こず、階段から呼びかけても返事はなく、仕方なく部屋まで起こしにいくと、ひなたは未だ壁側を向いて眠っていました。ひなたの肩に触れると、肌着が湿っており、身体を正面へ向けると、汗で前髪が額に貼りついていました。普通の風邪ではないと、素人目にも分かりました。耳朶《みみたぶ》の下から顎までが紅色に腫れ上がり、ひなたではないような寝顔をしていました。

学校を休ませ、近所の小児内科で診察を受けました。初老の町医者は、ひなたの胸に聴診器を当て、首の根元を触り、木のヘラで舌を押して喉を見ました。イソジンに浸した紫色の太い綿棒を喉奥まで入れられると、ひなたは身体をびくりとさせ、片目を強く瞑りました。医師は金属のゴミ箱へ綿棒を放り、ひなたは瞬きを繰り返しながら頻《しき》りに口の中を舐めました。

――まぁ、おたふく風邪でしょうな。今年は流行っていますから。でも、子供のときに済ませておいたほうがいいでしょう。

帰宅後、リビングに布団を敷き、そこへひなたを寝かせました。ご飯は食べられる？私が尋ねると、バター醤油のお粥なら食べられるよ、そう答えます。風邪を引いたときに、いつも作るお粥です。私は台所に立ち、小鍋に水とお米を入れて、火にかけました。少しずつ煮立っていく鍋を見詰めていると、頭上から小鳥の囀《さえず》りが聞こえてきました。台所の上には和室があります。その和室の屋根の上で囀っているのだと思います。一匹の雀が囀ると、それに答えるように、違う雀が囀ります。日向ぼっこをしながら、内緒話でもしているかに聞こえます。コンロを弱火にして、鍋に蓋をして、台所を出ました。

「週末までは、学校は休まなくてはいけないって。おたふくは、うつる病気だから」

「ママにはうつらないの？」

「お母さんは、子供のときにおたふくやっているから」

「一度やるとうつらないの？」

「抗体ができるからうつらないの」

「こーたいってなに？」

「身体に入ってきた病気を、やっつけてくれるの」

「少しずつ身体が丈夫になって、ママみたいに大人になるの？」

「ひなたはどんなときに、ママが大人だと思う？」

「電話に出るとき」

「どういうこと？」

「ハキハキと喋るから、いつものママじゃないみたい」

「そうかしら」

「スイミングスクールもお休み？」

「当たり前じゃない」

「今週はバタ足の試験があるのに」

「試験は来週でも受けられるでしょう」

ひなたの布団の隣に、小さな折り畳みテーブルを準備しました。お粥をよそうと、ひなたはふぅふぅと蓮華へ息を吹きかけます。やはり耳朶の下辺りが、赤く腫れています。おたふく風邪になると耳下腺や顎下腺が腫れ、食べ物や唾液を飲むときに痛むのだそうです。ひなたはときに顔を顰《しか》めながらも、次々に蓮華を口元へ運んでいきます。

「咽喉は痛くない？」

「痛いけど、お腹が空いているから、それでも食べちゃう」

私は子供の頃、風邪をひいて節々が痛み出すと、自分がこのまま死んでしまうのではないかと酷く不安になるものでした。ひなたにそういう気弱な部分はありません。夫に似たのかもしれません。

食後に薬を飲ませ、ひなたを床に就かせました。みんなが授業を受けているときに、布団で昼寝をしているなんて、変な感じだね、ひなたは私を見上げて洩らしました。私は食器を洗うと、ひなたの布団の横に座り、今日の折込チラシに目を通しました。ひなたの呼吸は、次第に、深く、安らかなものに変わっていきます。この呼吸になると、五分も経たないうちに眠りに落ちます。それは乳児の頃から変わっていません。私はチラシを捲《めく》る手を止めて、ひなたが眠るのを待ちました。そろそろかと思いひなたの顔を見遣ると、娘は横寝をしたまま、窓外をじっと見詰めていました。その視線の先を辿ると、一羽の雀が、百日紅《サルスベリ》の梢で足踏みをしています。先ほど屋根の上で囀っていた雀かもしれません。

「動物にも心はあるの？」

「お母さんはあると思うわ」

「カケスや、ヒグマや、ゾウアザラシにも？」

「きっとあると思うわ」

「胡桃は最期、苦しそうだったから。ご飯も食べなくて、痩せ細って、立ち上がることもできなくて、でもひなたは、何もできなかったから」

「あのときは、ママにも、パパにも、お医者さんにも、どうすることもできなかったのよ」

「重い病気だったの？」

「お医者さんとも相談して、途中で治療を止めたの。もう助からないのに、むりやり注射をしたり、苦い漢方を飲ませたりするのは可哀そうでしょう？」

「死んでしまったら、もう何もしてあげることはできないの？」

「ずっと覚えていてあげることが、何よりの供養になると思うわ」

「供養ってなに？」

「死んでしまった胡桃が、向こうで、寂しくないように――」

「ママとパパとひなたがずっと覚えていてあげれば、胡桃は寂しくない？」

「きっと寂しくないと思うわ」

「本当に？」

「本当に」

「ずっと覚えていてあげる」

ひなたの声はそこで途切れました。ひなたの深く穏やかな呼吸は、もう寝息へと変わっていました。窓から差す昼下がりの陽光が、薄い瞼を透明な肌色に染めています。チラシを一枚捲り、ふいと窓外へ目を遣ると、梢の雀はもう姿を消していました。百日紅の蕾が、僅かに赤く色づき始めていました。

＊

深谷の不動産屋から電話がかかってきたのは、今から四年前のことです。空き家になっている私の実家を買い取りたいというのです。担当者は、その一帯を更地にして、大型スーパー銭湯を建てるのだと言いました。

空き家というのは、お金のかかるものでした。固定資産税の他にも、専門の管理会社へ、毎月いくらかの支払いをしていました。買い取って土地を活用してくれるというのですから、断る理由はありません。

ただ少し、タイミングが良すぎると思いました。それはちょうど、千葉ニュータウンの分譲住宅に申し込みをし、三鷹のマンションから引っ越す時期だったのです。まとまったお金が入るのならば、とても助かるのです。

電話を受けてから幾日か後、私は一人、電車で深谷へと向かいました。不動産屋へ寄って土地売却の手続きをし、その足で実家に立ち寄って、何か必要なものがあれば持ち帰ろうと思いました。休日に行くのなら車で送るけど、と夫は言いましたが、私は断りました。夫はそれ以上、何も言いませんでした。不動産屋は、無償で遺品整理の業者を手配してくれると言いました。それも断りました。いずれにせよ、大して持ち帰る物など残されていないのです。

列車が都心から離れるにつれて、高層ビルやマンションは途絶え、やがて沿線に住宅地が続くようになります。住宅地が途切れると、一帯に稲穂を実らせた水田が広がり、水田が途切れると、再び住宅地が続きます。そうした光景を眺めながら、私は実家が空き家になった日のことを思い出していました。あの日、伯父は近所の寺の住職を実家に呼びました。仏壇は長男でもある伯父が引き取ることになったのですが、その前に法要が必要なのだそうです。私は立ち込める線香の匂いに眩暈のようなものを覚えながら、仏間で何やら法要を執り行う様子を、柱の陰から眺めていました。鉄橋に差し掛かると、列車の車輪の音が変わりました。馴染み深い駅名のアナウンスが聞こえ始め、車窓の向こうには、私が高校の登下校中に眺めていた風景が流れていきました。

駅前通りを少し歩いた場所のビル一階に、不動産屋はありました。受付には私と同い年くらいの、スポーツ刈りの男性が座っています。彼が私の担当で、名刺には飯村と記されています。なんでも人事異動で、練馬支店から深谷支店に来たばかりなのだそうです。君には色々な現場を経験して成長して欲しいなんて上司には言われましたけど、厄介払いじゃなきゃいいんですがねぇ――、そう言って苦笑していました。彼が言うには、深谷に限らず空き家は年々増えているのだそうです。

「僕たちが子供の頃は、郊外に庭付きマイホームを建てることが、ある種の夢だったそうですよ。でも夫婦は年老いて、子供は家を出るわけでしょう。老夫婦が亡くなれば、庭付き一戸建ての立派な空き家ができるわけです。うちも西船橋の実家で一人暮らしをしていたお袋が、一昨年に他界しましたから、典型的な郊外型の空き家になってしまいましてねぇ」

「空き家が増えると何か困ることがあるのですか?」

飯村さんは茶托を敷いて湯のみを載せると、一度、私を見詰めました。

「街が空き家ばかりじゃ、住民は寂しいですよ。流行りのスーパー銭湯ができれば、きっと皆さん喜びますよ」

手続きを終えて席を立つと、飯村さんは店舗の出口まで見送りをしてくれました。店先

に立つと、彼は駅前通りを眺めて、少し目を細めて、
「でも深谷はいい街だと思いますよ。都心までは少し遠いけど、緑豊かで、大きな公園があって、スーパーも沢山あって。僕の生まれ育った街と、少し似ていますね。家族四人くらいで暮らすには、丁度いい街なんじゃないかな」

私は何年かぶりに深谷の街を、実家へ向かって歩きました。住宅街の中を通る長い道を進みながら、飯村さんの話を思い出していました。市の住宅の一割以上は空き家で、人口も毎年減少しているといいます。街路から住宅を見る限りでは、荒廃している家など見当たらず、本当に空き家が増えているのか疑問でした。でも人の姿はなく、見ようによってはどの家も空き家に見えました。

幼い頃によく遊んだ児童公園を抜けると、通り向こうに藍色の屋根の二階建ての家が見えてきます。今は空き家になっている、私が生まれ育った家屋です。――

居間の雨戸を開けると、窓からは水色の陽光が溢れてきました。管理会社に簡易清掃をお願いしていたせいか、湿気が籠っている気配はなく、黴《カビ》の匂いも殆ど感じませんでした。むしろ冷ややかな、木材の匂いを鼻腔に覚えました。居間は、当時のままの姿で残ってい

ました。漆塗りの座卓に、唐草模様の座布団、二十五型のブラウン管テレビ、クリーム色のプッシュ式電話、年月が止まったカレンダー、針の止まった焦茶色の木枠の掛時計――。硝子付の茶棚の中には、ウィスキーやブランデーの瓶、マイセンの皿やティーカップ、小芥子《コケシ》や日本人形やハワイの土産だという木彫りのフラガール、十巻セットの料理本や、圧力釜のレシピ本――。

私にはいったい何が大切な物なのか、見当がつきませんでした。むしろこの家にある物を、何一つ持ち帰りたくない気持ちですらありました。壁際には、大量のレコードが収まったオーディオ・ラックがあります。ＬＰと、ケンウッド製の黒いＣＤコンポ、それら機材の前の、畳一枚分のスペース――、私はそこに、腹這いになって塗り絵をしている私自身の幽霊が見える気がして、目を背けました。すると目の前の柱に、不自然な黒い線が引いてあることに気づきました。私が小学生の頃の身長が、サインペンで記してありました。

「臙脂《えんじ》色のアルバム――」

柱に滲む黒い線を見詰めるうちに、私の口から零れました。その掠れた声は、思っていたよりもずっと大きく、居間に響きました。二階の畳部屋の押入れに、臙脂色のアルバムがしまってあることを、私は覚えていました。

ようやく、二時間以上もかけて深谷の実家を訪れた意味を見出し、私は軽い足取りで階段を上りました。足音に合わせて、階段は調子よく軋みました。二階へ達すると、ふいと自分の部屋を覗きます。部屋は高校三年生の当時のまま残されています。本棚には、好きだった漫画本や、よく聴いたCDが並んでいます。でも自室から持ち帰るべき物など、何もありません。それよりもアルバムです。あの重たい臙脂色のアルバムをバッグに入れて、この家を最後にするとき、きっと私は涙を流すことができる――、自室を出ると、意気揚々と畳部屋へ向かいました。

考えてみれば、葬儀のときは何かと慌ただしく、銀行印と通帳を探す為に、居間の箪笥を物色しただけでした。役所へ死亡届けを提出する前に、母の預金を下ろして葬儀費用に宛てようと考えたのです。思い出の品の一つでも見つけて、棺に納めてあげるべきでした。そんな優しさを抱く余裕すらありました。畳部屋の雨戸を開けると、やはり水色の眩い陽光が広がりました。家具の配置が、私の記憶とは随分違っていましたが、もうそんなことは気になりません。背後から差し込む日の光に、ようやく開放感を覚えながら、押入れの襖へと両手を掛けました。

襖を開けて、ぎょっとしました。

押入れの中が、がらんどうになっていました。

そこにはスキー用具や、クリスマスツリーや、三段飾りの雛人形など、この先に使うことはないけれども、もしかしたら使うかもしれない、そういう物が、雑然と詰め込まれているはずでした。アルバムや、小学校の卒業証書や、絵画コンクールで佳作を貰った向日葵《ヒマワリ》の絵。大切な物も一緒くたに保管されているはずでした。それらすべての物が、丸々なくなって、骨のような白木が剥き出しになっていました。

私も、伯父も、空き家の管理会社も、誰も二階の押入れには手をつけていません。誰も手をつけていないとしたら、母が、生前に、押入れを整理したのです。でもよく考えたら、整理とは違います。押入れにある物を、全部捨てただけです。

私は訳が分からなくなりました。一人でスキー板を抱えてよろめいている母の姿を想像して、訳が分からなくなりました。でも混乱したところで、もう全部が過ぎたことでした。あの事故が起きたのは、私が空き家を訪れたその日より、更に四年も前のことなのです。

深谷に大雨が降った日の翌朝、母は自宅から二キロ離れた街外れの側溝で横たわっていました。十一月の、霜が降り始めた、酷く寒い日のことです。朝刊を配達していた青年の救急通報で、母は総合病院へと搬送されました。連絡を受けて私が病院へ着いたのは、日没間近でした。集中治療室のベッドに横たわり、大量の管に繋がれている、蒼白い顔の痩せさらばえた老婆を見て、私は看護婦に、久保田ですけれども、と尋ねました。看護婦はベッドへと屈み込んで、老婆の額を撫でて、久保田さん、娘さんが来てくれましたよ、と安らかな声で言いました。それでも私は、目の前に横たわる人間が誰なのか分かりませんでした。薄情だとは思います――、でも正直、私にはそれが生きた人間にすら見えませんでした。冷蔵庫で何年も冷やされた、人の形をした冷たい肉の塊にしか見えませんでした。

集中治療室を出ると、数人の警察官がやってきて、私に事情を尋ねてきました。年嵩の警察官は、何やらメモを取りながら、お母様に認知症の症状は？　と尋ねてきました。私は彼が何を言っているのか理解できませんでした。母にそんな症状などあるはずがありません。警察官は、認知症患者が深夜に徘徊して事故に遭うのは典型的な例なのだと言います。母は徘徊などしていません、私はムキになって答えます。でも何故、自宅から二キロも離れた場所を寝巻姿で歩いていたのかは理解できません。

その後、担当医からも殆ど同じ質問を投げかけられました。私は自分が責められている気がして、瞳に涙さえ浮かべながら、母にそんな症状は一切ありません、そう訴え続けました。すると医師は母のカルテを眺めた後に、医師特有の冷たく澄んだ瞳で私を見遣り、でもお母様は、昨年にも玄関で転倒して頭を縫う手術をされていますよね？

翌朝、空が白む頃に、母の心肺は停止し、死亡診断が降りました。母に目立った外傷はなく、増水した側溝に誤って転落、溺水し、急性肺水腫にて搬送先で死亡したものとしてこの一件は処理され、後に私の銀行口座には保険金が振り込まれました。

警察が言うように、医師が言うように、母に認知症のような症状があったのか、それはもう誰にも分かりません。認知症というのは、脳が次第に萎縮して隙間ができていく病なのだと聞きます。私が手探りで少しずつ幸福を積み上げている間に、この冷たい家の中で、母の脳には少しずつ空洞が生まれていたのでしょうか――。いずれにせよ、私が深谷の実家から持ち帰る物は、何もなくなりました。もう帰ろうと思いました。この骸《むくろ》の家に、私の居場所はないのだと気づきました。そしてあと幾日もすれば、この家は形すらなくなるのです。巨大な鉄のショベルで跡形もなく削り取られ、材木はトラックで運ばれ、地面はブルドーザーでならされ、最初から何もなかったかの更地になるのです。

押入れの襖を閉め、畳部屋を出ようとしたときのことです。私の身体は勝手に動きました。何かの気配に髪を引かれて、勝手に動きました。あるいは母が、それを、そこへしまうのを、幼い頃の私が見ていたのかもしれません。畳部屋の隅にある観音開きの洋服簞笥を開け、その箪笥の中にある抽斗を開けました。そこにはプラスチックケースに納まった、一本のカセットテープがありました。

「あぁ……」

溜息のような喘ぎが洩れ、胸が詰まり、呼吸が上手くできなくなり、そのカセットテープをトートバッグへ放り込むと、逃げるように実家を飛び出しました。

再び電車に揺られ、帰路を辿りました。鉄橋に差し掛かる頃、夕暮れでした。川縁のブロックでは、黒い影の人間が、赤い水面に釣糸を垂らしていました。——

三鷹のマンションのドアを開けると、台所からいい匂いが漂ってきました。マーブル模様の尻尾を振って、胡桃が玄関へと駆け寄ってきます。少し遅れて、たどたどしい足取りで、ひなたもやってきました。まだ幼稚園に通っていた頃のひなたです。

「今日はね、パパの作ったね、唐揚げの日だよ」

台所から、エプロン姿の夫が顔を出しました。おかえり、とだけ言うと、すぐに台所へと顔を引っ込めました。

どうしてか、私は殆ど泣きそうになっていました。

それから少しして深谷の実家は取り壊され更地になり、私の銀行口座には随分な金額が振り込まれました。千葉の家を買う頭金を支払い、家具を新調して、自転車を買って、庭に立水栓を造って、それでもかなりの額が残りました。

何年か前に一度だけ、深谷の実家の跡地に立ち寄ったことがあります。家族で秩父の温泉へ行った帰りに、車でふらっと寄ったのです。私の家のあった場所は、スーパー銭湯のただ広い駐車場の一部になっていました。考えもしない場所から途方もない青空が見えて、私は逆に清々しい気持ちにさえなりました。ひなたはビーチサンダルで、平坦なアスファルトの上を歩きながら、

「この下にママの家があったの？」

「この下じゃなくて、ここにあったの」

＊

午後、遠くから子供の遊ぶ声が聞こえてきて、リビングで目を覚ましました。茣蓙《ござ》に寝

転んで涼むうちに、眠りに落ちていたようです。読みかけのファッション雑誌のページが、首を振る扇風機の風にぱらぱらと捲れていきました。身体を起こそうとしたとき、枕にしていた座布団が濡れていることに気づきました。手の平で顔を触ってみると、睫毛も目蓋も頬も濡れています。何か夢でも見ていたのでしょうか――。意識がはっきりするに連れて、縁側の風鈴が、りんりんと響いていることに気づきました。木立で鳴く日暮《ヒグラシ》の声も。でも微睡《まどろみ》の中で意識した、子供の声は聞こえてきません。風鈴の音と日暮の声が重なり、子供の声のように聞こえたのでしょうか――、私は扇風機の生温い風を頬に浴びながら、勝手に捲れていく雑誌のページを、ぼんやり眺めていました。

その夜、夫が手持ち花火セットを買ってきました。縁側で西瓜《スイカ》を食べて、それから花火をしよう、と言います。毎年この時期になると、夫の実家から西瓜が送られてきます。ひなたは果皮をこんこんとノックして、これはいい西瓜です、などと洩らしていました。

ひなたの病は、一週間どころか僅か三日で快復し、耳の下の湿布を剝がしてみると腫れもすっかり引いていました。抗体ができて丈夫になったなどと言って、さっそく屋外へ遊びに行こうとするので慌てて止めました。寝てばかりいたので、ひなたは元気を持て余していました。いい機会だと、ひなたに料理を教えようと思いました。でもピーラーで人参の皮を剝いただけでひなたは飽きてしまい、私がジャガイモを水洗いしている隙に、台所から居なくなってしまいました。溜息をついていると、二階のひなたの部屋から、玩具のピアノの旋律が聞こえてきました。

西瓜を半分に割ってみると、果汁に濡れた果肉は鮮やかに赤く、種周りは薄く砂糖を塗《まぶ》したように白色に染まっています。確かにいい西瓜でした。縁側に座り、庭に種を吐きながら、三人で西瓜を食べました。

「そのうちに庭が西瓜畑になるね」

庭の敷石にローソクを一本立て、銀紙で縞模様になっている手持ち花火を近づけます。先端にぼっと炎が上がり、シュルシュルと白い煙を噴いて、火薬が弾けました。夫の持つ花火からひなたが火を貰い、私はひなたから火を貰いました。何度か蛍光色を変えながら、夜闇の中で勢いよく燃えました。遠くの打ち上げ花火より、近くの手持ち花火ってね、夫はそんなことを洩らしていました。ねずみ花火はしけっていたのか、駐車場のコンクリートへ放っても、先端の赤い紙に火が点《とも》っただけで、うんともすんともいいません。諦めて、残った線香花火へ火を点しました。

「ママはやっぱり、線香花火が一番好き」

「女子は線香花火、男子はロケット花火が好きなものさ」

「ひなたはトンボ花火が好き」

「どうして？」

「夜の空を、シュゴーって昇っていくから」

こよりの先で、牡丹がぢりぢりと力を蓄えていました。やがて暗闇の中に、ぱちり、ぱちり、火花が弾けます。一瞬で現れて、一瞬で消えていきます。火玉を落とさないように、私達はしばらく何も話しませんでした。

やがて火玉の中心は、少しずつ衰えていきました。火花は弾けずに、細い光の線になって、闇の中へ消えていきます。その光の線が途切れてしまうと、火玉は再びぢりぢりと言いました。震えが、こよりを通して、私の指先に伝わります。やがて暗闇へ滲むように火玉は膨らみ、最期の準備を終えると、ぽつり、こよりから落ちて、コンクリートに黒い滲みを残しました。

最後に街路へ出て、パラシュート花火を打ち上げることになりました。三人で住宅が途切れる辺りまで街路を歩き、アスファルトの上に花火の紙筒を置きます。屋根よりも高い場所で花火は弾け、やがて夜空にパステルカラーの落下傘が揺らめきました。それは夜闇の中で、何故か鮮明に見ることができました。

ひなたは上空を見上げながら、風に流されていく落下傘を追いかけていきました。足元を見ずに駆けて転ばないだろうか――、落下傘は電線に引っかかり落ちてこないのではないか――、私はそんなことを考えていました。ひなたの背中は、少しずつ夜の暗闇の中へ紛れていきました。遠のいていった足音が再び近づいてきて、街灯の明かりが届く場所に、落下傘の筒を手にして、こちらへ駆けてくるひなたの姿が見えました。


翌日の午後、約束通り、私はスイミングスクールへ向かいました。ひなたのバタ足の試験があるのです。夫に撮影を頼まれて、ビデオカメラも持参しました。カメラを片手に、ガラス窓の向こうのスイミングプールを眺めていると、内山さんがやってきて、相変わらず〝ママさんコース〟を勧めてきました。私はひなたの姿を探している最中だったので、愛想笑いをして追い払いました。

ひなたがプールに入る前、見学席で少しだけ話をしました。ひなたは、絶対にバタ足の試験に受かるから、とこの試験で何か人生の大切な部分が決まってしまうかの意気込みようでした。臍《へそ》の前で、両手を強く握り締めていて、珍しく緊張しているようにも見えました。だから私も神妙な顔を作って、いつもと同じように泳げばきっと合格するから、とひなたの頭をくしゃくしゃと撫でました。でも正直なところ、私としてはひなたがバタ足の試験に受かっても、落ちても、どちらでも構わないのです。途中で脚でも攣《つ》ってしまうのなら、それは一大事ですが——。

　三十分ほどの練習の後に、進級試験が始まりました。前回とは違い、二十五メートルプールには、黄色と青のコースロープが張ってあります。練習とは一変して、先生の顔にも、子供達の顔にも、緊張の色が窺えます。たかだかスイミングの試験なのに——、私はその光景を微笑ましく眺めていました。プールサイドで一列に並んだ生徒たちが、一人ずつ水に入り、先生の笛が鳴ると、バタ足でコースを進んでいきます。先生は横側のプールサイドに立ち、バインダーに挟んだ用紙に何やら書き込みながら、子供達の泳ぎを観察しています。正しい姿勢で二十五メートルを泳ぎきれば、試験は合格だと聞いています。

　プールサイドの列の中にひなたの姿を見つけ、その方向へビデオカメラを向けます。ひなたは青いビート板を抱え、唇を固く結び、真っ直ぐに前を向いています。スイムキャップと、ゴーグルをしているせいか、少しだけ他所の子のようにも見えます。甲高いホイッスルが、私の所にまで響いてきます。一人の生徒が水に入り、また次の生徒が水に入り、ひなたの順番が近づいてきます。笛の音が響く度に、私の微笑は少しずつ消え、代わりに胸の中で、鼓動が少しずつ高鳴っていきました。落ち着きなく、現実のひなたと、液晶モニターの中のひなたを、交互に見遣ります。私が泳ぐわけではないのに、手の平に汗が滲み、口の中は渇いていきます。一つ前の生徒が壁を蹴って出発し、ついにひなたの順番に達しました。

ひなたはプールサイドに腰掛けた後、ゆっくりと肩まで水に浸かります。人肌より少し冷たいほどの水、足の裏に覚える硬いプールの底、手の平の中で軋むビート板、どこか懐かしい仄かな塩素の匂い、広い室内に反響する先生の声や笛の音や水飛沫の跳ね上がる音、色付ゴーグルのせいで水色に染まった視界、そういう体感が、私にも伝わってくるような気がします。ひなたはむしろ落ち着いています。それでも私の胸の中では一層の早鐘が打たれます。先生が前の生徒を見遣った後に、ひなたへと視線を移します。ホイッスルが響きます。ひなたは顔を水につけ、壁を蹴り、ビート板に手の平をのせ、スイミングプールを進んでいきました。

バタ足を始めると、白い水飛沫が勢いよく跳ね上がります。途中で顔を持ち上げて、口をぱっと大きく開いて息継ぎをします。実際にぱっと声を出しているようです。膝を曲げてはいけません。膝と足首を伸ばし、太腿から脚を動かしてバタ足をしなければ、前に進めずに沈んでしまいます。そのことは私も覚えています。ひなたはしっかり太腿を動かしたバタ足をし、息継ぎのときも顎を水面から離さない程度で、ぱっと声も出し、真っ直ぐ、着実に、コースを進んでいきました。やがて向こう岸に、水を滴らせながらプールから上がる、ひなたの小さな背中が見えました。

プールサイドを歩いてスタート側へ戻る途中、ひなたは見学席にいる私の姿を見つけました。ゴーグルを持ち上げると、澄まし顔で軽く手を振り、すぐに通り過ぎていきました。私は手の平でオーケーサインを作ろうと、思いはしましたが、結局は何度か肯くことしかできませんでした。そして手にしているカメラの液晶モニターに、斜め前にあるクリーム色の柱しか映っていないことに気づきました。

ひなたは定時にスクールバスで帰るので、私は一人、スイミングスクールを後にしました。いつの間に雨が降ったのか、通りには幾つか水溜りができていました。その水溜りを避けながら、自転車を走らせました。アスファルト一面に広がる大きな水溜りを通るときは、フレームに両脚を乗せてやり過ごします。水飛沫が、タイヤの両側へ勢いよく跳ねていきました。

いくらか自転車を走らせると、街路の左手には野菜畑が広がります。春に種蒔きをしたらしい大根が、一列に並んで緑色の葉を茂らせていました。畑の隅では、数本の向日葵《ヒマワリ》が寄り添うように咲いています。そこも耕して、畑にすることも出来たのに――。

日当たりの良い場所の向日葵は、東を向いて咲くと聞いたことがあります。確かに太陽は、向日葵の向こう側へと傾いていきます。私は自転車を停めて、ペダルに片足を乗せたまま、そうした光景を眺めていました。配達を終えたらしい郵便バイクが、水溜りを弾かせながら私を追い越していきました。――


雨後の陽光が西の窓から入り、リビングを薄い水色に染めています。キャビネットの抽斗を開き、カセットテープを手に取ります。ふと思い立ったように、何気ない素振りで――。窓辺の、よく磨かれたフローリングに腰を下ろし、カセットデッキにテープを差し込みます。銀色の巻き戻しボタンを押すと、デッキの小窓の向こうで、茶褐色のテープが軋みながら左側のリールへ溜まっていきます。私は体操座りをして、テープが巻き取られるのを待ちました。

夕刊を配達するバイクがやってきて、自宅の前で停まりました。ポストのアルミ蓋の開くキィという音が聞こえ、新聞の差し込まれる音が聞こえ、やがてバイクのエンジン音は遠のいていきました。その音が途絶えると、部屋の隅から、掛時計の秒針の音が聞こえてきました。こつんこつんと、杖をついて歩く足音のように響いてきました。その足音に耳を傾けていると、突如、がちんと金属の音が響き、私はびくりとしました。カセットテープはもう止まっていました。自分の手の平をぼうっと眺めました。手の平の皺の中で、細々とした汗の粒が瞬いていました。ふと思い立ったように、何気ない素振りで――、そう考えてしまうこと自体が、何気ない素振りではないのかもしれません。それでも私は立ち止まらないで、人差し指で、再生ボタンを押し込みます。

スピーカーから、砂時計の砂の落ちるような音が聞こえてきます。そのさらさらとした音の後ろ側で、蟬が鳴いていることに気づきました。庭の木立へ目をやります。今現在の、自宅の庭で鳴いている蟬の声だと思って――、でも耳を澄まして、カセットテープの音へ意識を重ねていくと、やはり録音されている蟬の声だと分かります。二十年以上も昔の、夏の庭で鳴いていた、蟬の声です。二三度ごとりと低い物音が響き、その物音が途絶えると、人間の声が聞こえてきました。小さな女の子と、その子の母親の声です。

「もう録っているの？」

「ええ、もう録っているわよ」

「あー、あー、こんにちは」

「もうすぐ夜になるわよ」

「じゃあこんばんは」

「お名前は？」

「久保田早苗です」

「何歳ですか？」

「もうすぐ十歳になります」

「血液型と星座を教えて下さい」

「B型で、天秤座です」

「特技はなんですか？」

「綾取りと、ぬり絵と、水泳です」

「好きな教科は？」

「音楽と、図工です」

「嫌いな教科は？」

「算数です。算数の文章問題が嫌いです」

「どうして？」

「イライラするから」

「よく読めば解けるんじゃない？」

「まいこさんの家の、煎餅と、煎餅の缶の重さは、合わせて何グラムでしょう」

「アハハハ。じゃあ、将来の夢はなんですか？」

「獣医さんです」

「保育園の先生ではなくて？」

「この間、結衣ちゃんの家で獣医さんの漫画を読んで、感動したから」

「動物のお医者さん？」

「ママも読んだことがあるの？」

「美容院に置いてあったから、少しだけ」

「ママは美容院にいきすぎ」

「そんなことないわよ。じゃあ、好きな食べ物はなんですか？」

「じゃがいも」

「じゃがいもを、どうやって食べるのが好きですか？」

「ハンバーグのつけ合わせのじゃがいもに、マヨネーズをかけて食べるのが好きです」

「ハンバーグは好きじゃないの？」

「ハンバーグも好き」

「趣味はなんですか？」

「音楽を聴くことです」

「どんな音楽が好きですか？」

「ビーズ」

「他には？」

「エックス」

「他には？」

「ローリング・ストーンズ」

「どの曲が好き？」

「ロンゲスト・タイム」

「それはビリー・ジョエルじゃない」

「そうだっけ？」

「唄ってみて」

「やだ」

「どうして？」

「録ってるから」

「録ってるから唄うんじゃない」

「じゃあ、ママ唄ってみて」

「私は音痴だから」

「音痴でもいいよ」

「みっともないでしょう」

「ドレミファソラシドは、昔の人が勝手に区切ったんだって。だから本当は、ミとファの間にもたくさんの音があるんだって」

「早苗は博学ね」

「はくがくってどういう意味」

「よく物事を知っているという意味」

「ふぅん」

「学校は楽しいですか？」

「普通です」

「最近何か楽しかったことはありますか？」

「さっき水溜りであめんぼを見ました」

「あめんぼが好きなの？」

「好きじゃないよ。でも水溜りの上を、小さな波を作りながら、すいすい動いていて、あめんぼは楽しそうだったよ」

「へぇ、それは楽しそうね」

「水溜りを覗くと、早苗と空が映るの。あめんぼが動くと、早苗と空が波になるの。あめんぼが一休みすると、また早苗と空が映るの」

「早苗はときどき詩人さんね」

「萩原朔太郎みたい？」

「そうね」

「あとは何を話す？　それともこれくらいにする？」

「どうして？」

「あんまりいっぺんにやると、この次に話すことがなくなっちゃうよ」

「確かにそうね、じゃあ今日はこれでおしまい」

「はぁい」

「あ、あ、えーと、それでは今日はこれでおしまいにします。

今日は一九九二年の、七月二十四日です。

近所の林でヒグラシが鳴き始めています。その声も録音されているかもしれません。

私はこれから夕ご飯のカレーを仕上げます。

甘口と辛口、二つの鍋でカレーを作るのは、少し面倒です。

それではまた、時間があるときに録音しますね。最後に何か言うことはありますか？」

「またね、パパ」

＊

晩御飯の支度も終えて、そろそろひなたがスイミングスクールから帰ってくるだろうと思っていた矢先、電話のベルが鳴りました。受話器の向こうで、ひなたはわぁわぁと泣いていました。ひなたに携帯電話は持たせていません。どこかの公衆電話からかけてきているのです。

何があったのか、どこにいるのか、問いただすのですが、ひなたは泣いてばかりでさっぱり要領を得ません。大声で泣いたあと、すすり上げ、嗚咽を飲み込んで、また大声で泣きます。公衆電話の受話器に口を付けているのか、声が割れていて、ひなたの泣き声は殆ど悲鳴になって私の耳に届きました。私は娘のそんな泣き声を、これまでに聞いたことがありません。一瞬で冷たくなった心臓は途端に高鳴り、発熱と寒気が同時に訪れたような異常な生理に陥りながら、殆ど怒鳴るような強い口調でひなたに言いました。

「あなたいったいどこにいるの！　すぐに迎えにいくから！　はっきり言いなさい！」

ひなたはようやく、スイミングスクールのバス乗り場にいると答えました。それだけ聞くと、私はサンダルをつっかけて、もう家を飛び出していました。隣家の奥さんが、熱くなったアスファルトに水を撒いていました。近所の子供たちが、街路でボール遊びをしていました。私は挨拶もせずに、自転車で街区を走り抜けました。街道へ出ると、赤信号で停まっている車を何台も追い越しました。駅方面から歩いてくる高校生に何度もベルを鳴らしました。街の西側、開発途中の更地の向こうでは、もう今日の太陽が沈もうとしていました。

神経が高ぶっているせいか、自転車を走らせていると、頭の中に色々な記憶が溢れてきました。ひなたが初めてハイハイをして私達へ身を寄せてきた日のこと、テーブルの縁に摑まって何故か半開きの口のままよたよたと伝い歩きをした日のこと、運動会の徒競走で一等になって胸に赤いリボンを付けて得意気な顔をしていた日のこと、それとは別に、ひなたとは何の関係のない記憶まで脳裏を流れていきます。伯父と食べた甘味処の宇治金時、父の養育費で買った赤い下着、母のがらんどうの押入れ、私の身長が記されていた柱――。

踏切を越え、再開発地域を自転車で走るうちに、人通りはなくなり、通り過ぎる車もなくなり、一帯は日没前の静寂に包まれました。さすがに息が切れ、脚を止めて、余力で自転車を辷《すべ》らせます。車輪の音が街路に反響し、私の内側からは荒々しく心臓の音が響いてきます。左手に続く平原の一角では、手の平の形をした夾竹桃《キョウチクトウ》の白い花が、薄闇の中に揺れていました。その夾竹桃の遥か遠く、夕焼けと夜空が混ざり合う場所で、送電鉄塔の赤い灯火が明滅を繰り返しています。私は呼吸を整えた後に、ごくりと唾液を呑むと、サドルから尻を持ち上げて、再びペダルを漕ぎました。

夕闇に沈むスイミングスクールのバス乗り場に、電灯が一つ灯っています。その電灯の下で、一人の女の子がベンチに座っています。私は自転車を停め、ベンチへと駆け寄りました。

「あなた、いったい何があったの？」

スイムキャップをロッカーへ忘れたことに気づいて、ひなたは一度バスを降り、更衣室へ向かいました。悪いことは重なるもので、奈々ちゃんがお休みしていました。スクールバスの出発を止めてくれる人は、誰もいなかったのです。ひなたが再び建物から出ると、バスはもう駐車場の角を曲がるところでした。ひなたは一人、夜のスイミングスクールに取り残されてしまったのです。でも、それだけのことでした。

「本当にそれだけ？」

ひなたは俯いたまま、ゆっくりと頷きました。私は全身の力が抜けて、気持ちまで抜けて、ベンチに座り込みました。足の裏が痛みました。ゴミ捨てのときにだけ使う、健康サンダルを履いていることに気づきました。足の裏が、サンダルの突起の模様になっています。

職員用の玄関から内山さんが出てきて、私に挨拶をしました。ちょうど、私の家に電話を掛けていたのだそうです。内山さんは、ひなたの目の高さまで屈み、ひなたの頭を撫でると、ママが迎えにきてくれたから、もう大丈夫だね――。内山さんが玄関へ戻って少しすると、スイミングスクールの明かりがすべて消えました。ひなたは私の乗ってきた自転車を見て、二人乗りして帰るの、と訊きました。私にそんな気力はなく、携帯で夫に迎えを頼みました。

私達は二人並んでベンチに座りました。バス停脇の白熱灯のまわりには、薄闇から引き寄せられてきた夏の羽虫が飛び交い、支柱では銀色の甲虫が這っています。ひなたはもうすっかり泣きやみ、ときに落ちてくる前髪を耳にかけながら、足をぷらぷらさせています。でも目尻は桃色に腫れ、睫毛は萎れて下を向いています。考えてみれば、九歳の女の子が、日の暮れていく知らない街に、一人取り残されてしまうというのは、心細いものかもしれません。小さな不安が、途端に膨らみだして、泣きながら公衆電話のボタンを押すひなたの姿が過ぎりました。

「アイスでも食べる?」

バス停脇の自動販売機で、数種類のアイスクリームが売られています。ひなたは苺チーズケーキ味を選び、私はチョコミントを選びました。私達はしばらく無言でアイスを舐めていました。

「このプラスチックの棒のアイス、お母さんが子供の頃からあるのよね」

「ママが子供の頃って、いつの話？」

「ずっと前の話」

「何年くらい？」

「二十年か、もっと前――」

「じゃあ、ママは昭和の女だね」

溶けたアイスで手が濡れているひなたに、ティッシュを渡します。ひなたは丸めたティッシュで、親指を拭うと、

「お婆ちゃんも、昭和の女？」

「お婆ちゃん？」

「お母さんの、お母さん」

その頃に、薄闇を切り抜くようにして、眩いヘッドライトの車が一台、駐車場へと入っ

てくるのが見えました。

＊

バースデイケーキを、買うか作るか迷いましたが、結局は作ることにしました。材料費を考えれば、買ったほうが安いくらいです。でも作ることにしました。ボウルに卵とグラニュー糖を入れて、湯煎で温めながら泡立て器でかき混ぜていきます。以前は、冷たい卵で泡立てたせいか、スポンジが殆ど膨らまず、ひなたと夫は、ホットケーキみたいと笑いながら食べていました。慎重にやる必要があります。クリーム色になった生地に薄力粉を加え、バターと牛乳を入れる頃には、甘い香りが漂ってきます。生地をケーキの型に入れ、百六十度のオーブンに入れます。淡い庫内灯の下で、ゆっくりと廻るホールケーキの金型を見詰めながら、今回は上手く膨らむだろうと思いました。

夕方に、赤いリボンを巻いた紙袋を抱えて、夫が帰宅しました。プレゼントは、ひなたが前々から欲しいと言っていたｉＰｏｄです。自分から欲しいと言ったくせに、嬉しいのか嬉しくないのか分からないような態度で、ひなたは夫からプレゼントを受け取りました。

「ちゃんとパパにありがとうを言いなさい」

ひなたはもう包み紙を剝がしていて、私は溜息を洩らしました。小さい頃は、もっと可愛げのある子でした。そろそろ反抗期なのでしょうか——。夕食には、唐揚げと、海老フライと、刺身の盛り合わせ、それから、ひなたの好きなカニカマのサラダを作りました。

「唐揚げはパパのほうが美味しいのに」

「お父さんは家で何もしないでしょう。そのお父さんがたまに料理をして、それがちょっとよくできているものだから、美味しく感じるのよ」

「そうかなぁ」

ひなたはカニカマを一枚摘まみ、リビングへと駆けていきました。

バースデイケーキへ、夫がローソクを立てていきます。今回はスポンジも上手く膨らみ、生クリームも均等に塗ることができました。生地は少しダマになりましたが、まずまずの出来だと思います。燐寸《マッチ》でローソクに火を灯し、部屋の明かりを消します。暗闇の中に十の灯火が浮かび上がります。可愛らしく、でも少し儚《はかな》げに揺らめいていました。その山吹色の揺らめきに、ひなたの頬は染まっていました。夫の横顔も染まっていました。おそらくは、私の横顔も——。

――願い事を唱えないとね。夫は内緒話でもするように、ひなたに告げました。バースデイケーキのローソクを吹き消すときに願い事を唱えると、白い煙が天に昇ってその願いを叶えてくれる、でも願い事は誰かに話してはいけない、夫はそんなことを言いました。またどこかで聞きかじった、適当な知識だと思います。テーブルの下で、夫が私の太ももを叩きました。その合図で、夫婦で歌を唄いました。ハッピーバースディの唄です。

――ハッピーバースディ、トゥーユー。ハッピーバースディ、トゥーユー。ハッピーバースディ、ディアひなたちゃん。ハッピーバースディ、トゥーユー。

でもひなたは火を吹き消しませんでした。ローソクの灯火を見詰めたまま、両方の手の平をもじもじとさせていました。ひなたの瞳の中の灯が、潤んだように揺らめき、ローソクの明かりとは別に、頬が赤らんで見えました。

「ひなたちゃん、ローソクの火を消すんだよ」

「知ってるよ」

息を三回使い、すべての灯火を吹き消すと、僅かな煙の匂いを残して、部屋は暗闇に落ちました。その暗闇の中に、揺らめきながら立ち昇る白煙が見える気がしました。ひなたがどんな願い事をしたのか、母親として気になりますが、誰かに話してはいけないのなら、それを私が知ることはできません。暗闇の片隅でパチンと響いて、部屋に明かりが戻りました。

蛍光灯の明かりの下には、十歳になったひなたがいました。

＊

庭の立水栓の蛇口を捻ると、ぬるま湯のような水が溢れてきました。午前中だというのに、もう水道管が温まっています。しばらく蛇口を開いたままにして、水が冷たくなるのを待ちました。でも植物へ与える水なので、温いとか冷たいとかは、あまり関係ないのかもしれません。夫は、浮き輪がどうのと言って、未だ家の中で、収納を開いたり閉じたりしています。麦藁帽子にワンピース姿のひなたは、玄関脇の楓を見上げて、コガネムシが樹を引っ掻いているよ、そんなことを洩らしていました。

「背中が七色になっているよ」

終業式の日の夜、夕食時に、夏休みにどこへ行きたいか、ひなたに尋ねました。市民プール、とひなたはハンバーグを頬ばりながら答えました。せっかくの夏休みだし、海のほうがいいんじゃない？　私が尋ねると、海は勝手に動いていくし、しょっぱいし、水母《クラゲ》がいるから嫌い、と答えます。夫は新しい缶ビールを開けて、じゃあひなたちゃんにバタ足でも教えて貰おうかな――、そんなやり取りがあって、七月の最後の土曜日に、市民プールへ出かけることになったのです。

いずれにせよ私も水着が必要になり、駅近くのショッピングモールで、ストライプ柄のタンキニを買いました。内山さんから聞いていましたが、今は体型が隠せてデザインの良い水着が沢山置いてありました。調子に乗って、スイムキャップとゴーグルまで買いました。プールへ入るのは何年ぶりでしょうか、今でも泳ぎ方を覚えているのか、自分でも分かりません。

蛇口から落ちる水に、もう一度触れてみます。火照った手が冷やされて心地よく、私は肘の下まで水道の水を浴びました。水は私の前腕を伝い、五本の指先から水玉になって滴ります。蛇口の下へ如雨露《じょうろ》を置き、水が溜まるのを待ちます。振り返って玄関を見ると、ひなたは未だ楓の樹を見上げています。樹木の幹へ右手を伸ばしているので、木肌に留まっているらしいコガネムシを摘まもうとしているのかもしれません。

水の溜まった重たい如雨露を片手に、少しよろけながら芝生の庭を歩きます。ヘチマに水を与えると、大きく分厚い葉はぽつぽつと乾いた音を響かせました。花壇の日々草《ニチニチソウ》へ水を与えると、花弁は蝶々の羽ばたきのように揺れました。花壇の隣には、桃の樹が植えてあります。卒園記念樹として三鷹の幼稚園から貰ったもので、まだ果実は実りませんが、随分と背が高くなりました。

胡桃の遺骨は、人間でいう〝百か日法要〟の日に、その桃の樹の下へ埋めました。私達が手持ちスコップで土を掘る間、庭木の枝葉のどこかでは、油蟬が鳴いては休んでを繰り返していました。私はふと、母のカセットテープも、土の中に埋めてしまおうかと思いました。百か日法要というのは、死者を悼むことを止める日という意もあると、伯父に聞きました。母の死からは、数千日が過ぎています。もうすべてを土に還しても、誰も私を咎めない気がして――。

でも結局、カセットテープを埋めることはできませんでした。夫が借りてきたカセットデッキは会社の備品室へ戻され、カセットテープは今も、使わない爪切りやら、単一の乾電池やらと一緒に、リビングのキャビネットに収まっています。

遺骨を埋葬した翌日、ちょっとした事件が起きました。ひなたが庭から、縁側の窓をノックして、リビングにいる私を呼んでいます。窓を開けると、ひなたはぎゅっと握った右手を差し出し、ママにいい物を見せてあげる、と言います。いつかひなたは同じように、可愛らしい団栗《ドングリ》を見せてくれたことがあります。今度はどんな宝物を見つけたのだろうと、私の中に子供の好奇心が芽生えました。ひなたがぱっと手の平を開くと、そこには赤黒い血液の塊が乗っており、思わずぎゃあと悲鳴を上げました。ひなたはけたけたと笑い、その顔を見て、下の歯が一本抜けていることに気づきました。未だ私の胸の中では動悸が続いていましたが、ひなたは庭の水道で軽く洗ってきた歯を、再び私に見せて、

「抜けた歯はどうするの？」

「屋根にでも投げておきなさい」

「なんで屋根に投げるの？」

「いいから投げておきなさい」

ひなたの投げた歯は、屋根まで届かずに、ベランダの縁に当たってどこかへ消えました。ひなたは下を向いて、しばらく歯を探していました。歯を屋根に投げる意味よりも、自分が簡単な投擲に失敗した悔しさのほうが重要なのです。芝刈りをするときに見つけたら、お母さんが屋根に投げておいてあげるから、私が窓から顔を出して言うと、ひなたは不服そうに唸った後に街路へと駆けていきました。

その頃にひなたは、ビート板クロールの試験に受かりました。今では普通のクロールの練習をしています。クロールはバタ足よりずっと速く泳げる、でも勝手に曲がっていくからコースロープにぶつかる、などと洩らしていました。料理は性格が出るといいますが、水泳にも同じことが言えるのでしょうか。夏休みが終わる頃には、あるいは伯父が泊まりにくる頃には、クロール八メートルの試験に受かったという、ひなたの弾んだ声を聞くかもしれません。ひなたの水泳の上達は私が思っていたよりもずっと早く、最近では、もっとゆっくり進級してくれればいいのに、などと考えたりもします。

これは一昨日のこと——、午前中に日除け帽を被って庭で草毟《むし》りをしていると、指先の向こうの小さな空間に、数匹の黒蟻を見つけました。寄り集まって、お互いの触角を付き合わせ、慌ただしそうに会話をしています。蟻の群れの中央では、白骨のような小粒が、芝生に埋もれています。なくなったはずの、ひなたの乳歯でした。歯が抜けたとき、ひなたはキャラメルを食べていました。甘い匂いが、乳歯に残っていたのでしょうか。

申し訳ないですが、蟻の群れから乳歯を摘まみ上げます。巣に持ち帰っても、餌にはなりません。手の平へ乳歯を乗せ、日光の中で観察してみると、形は扁平で、表面がやや黄色く、血液の名残なのか根元はやや褐色を帯びています。虫歯の穴もなく、不自然な欠けもないので、ひなたの歯茎からは、健康な大人の歯が生えてくるだろうと思います。

約束した手前、私は立ち上がって、屋根を見上げました。ふいと辺りを見回します。お隣さんにでも見られていると、恥ずかしいので。ベランダの縁に当たらないように、私は庭木の所まで下がり、もう一度、屋根を見上げました。アンテナの向こうには夏空が広がり、綿菓子の形をした雲がゆっくりと流れていきます。息を止めると、アンテナを目印に、思い切り歯を放りました。

白い歯は青空の中で驚くほど綺麗な放物線を描き、やがて屋根の上で微かな物音が響きました。私は辺りを見回しました。むしろ私の投擲を、誰かに見ていて欲しかったような、そんな気持ちがしました。——

ようやく玄関から、首にタオルを巻いた夫が出てきました。水色の大きな浮き輪を、腕に通しています。これは暑くなりそうだなぁ、プール日和、一人でそんなことを呟きながら、タオルで額の汗を拭い、玄関に鍵をかけました。私は残った如雨露の水を、プランターのペチュニアに与えました。溢れた水がコンクリートを伝い、芝生の庭へ染みていきます。確かに暑くなりそうな日でした。

如雨露を立水栓の脇へ置き、ふいと顔を上げると、楓の樹から離れ、駐車場へと駆けていくひなたの後ろ姿が見えました。七色をはためかせたコガネムシが、ひなたの背中を横切り、やがて陽光の中へと消えていきました。

短冊流し

綾音が熱を出したのは七月初旬のことだった。

その日、綾音は私と一緒に朝飯を食べていたが、頭が痛いと言い、茶碗の飯を半分ほど残した。綾音の手を握ってみると、少し熱を持っている。しかし体温計で計ってみると、三十六度八分の微熱しかない。やや下痢もあったので、念の為に保育園は休ませ、小児用バファリンを飲ませ、もう一度、床に就かせた。ピンクのパジャマ姿の綾音は、布団に入るとすぐに寝息を洩らし始めた。タオルケットから伸びる綾音の小さな手を、再び握ってみる。普段の綾音の体温とは、何かが違う。じわりとした温もりの中に、茨のような鋭い熱感が僅かに混ざっている。胸騒ぎを覚え、パジャマの襟ぐりから腋の下へ、体温計をもう一度入れる。一分間、私は綾音の二の腕を支えて、体温計が鳴るのを待った。綾音はもう深い寝息を洩らしていた。アラームが鳴る。綾音の熱は、やはり三十六度八分のままだった。

会社へ欠勤連絡をした後に、手鍋へ米と水を入れて中火にかけた。昼過ぎに目を覚ました綾音は、喉が渇いた、お腹が空いたと言い、私の作った卵粥を食べ、林檎ジュースを飲み、バナナ入りのヨーグルトまで平らげた。また薬を飲み、床に就いた。それでもう大丈夫だと思ったのだ。食欲さえあれば病気は治る、そう信じていたところがあった。

その日の夜更け、どこからか譫言《うわごと》が聞こえてきて、私は寝室で目を覚ました。カーテンの隙間から、仄かな月光が射し、部屋を薄闇に染めている。薄闇の中に、小動物の鳴き声にも、小鳥の囀《さえず》りにも似た、人間の声が響いている。その声を辿るように暗闇を見回すと、すぐ隣の布団に人影が見えた。上半身を起こした綾音は、頻《しき》りに自分の手の平を齧っては、ビスケットが美味しい、ビスケットが美味しい、と洩らしていた。口の周りも、パジャマも、掛布団も、涎でべとべとに汚れている。私は暗闇の中に見えるはずのない歯痕を、綾音の手の皮膚に見て取れる気がした。私の瞳が夜に慣れるにつれて、綾音の瞳が尋常ではないことに気づく。眼球は暗闇の中にじっとりと濡れて月明かりに虹色の光沢を帯び、その中で洞穴の瞳孔がぽっくりと口を開けている。私は恐る恐る綾音の額へ手を当てる。手の平に綾音の熱が伝わるにつれて、私の心臓は次第に冷たくなっていく。階段を駆け下りて、受話器を取り、プッシュボタンを三回叩いた。

「火事ですか？　救急ですか？」

受話器の向こうから、その無機質な応答があったとき、何故か苛立ちを覚えた。

寝室に戻り蛍光灯を点けると、綾音は布団の上に横たわり、四肢をぴんと張った状態で硬直していた。白目を剝き、布団の上で波打つように激しく震え出し、顔からはみるみる血の色が消えていく。紫色に染まった唇の端からは、絶え間なく白い泡が噴き出していた。私は綾音の身に何が起きているのか、何も理解することができないまま、ただ綾音の小さな身体を布団へ押さえつけていた。ようやく引き攣《つ》けが治まると、夜の寝室は再び静まり返り、私は自分の心臓の早鐘を殆ど耳元で聞いていた。枕元のティッシュを取り、綾音の唇周りの白い泡を拭ってやる。そして綾音が呼吸をしていないことに気づいた。

深夜二時過ぎに、綾音はD総合病院へと搬送された。呼吸は痙攣後に自然と再開されたが、意識は戻らなかった。呼吸器を付け、抗痙攣薬の点滴をし、幾らか症状が落ち着いたところで、脳波測定があった。徐波があり脳症の疑いがあった。当直医が言うには、小児の熱性痙攣は珍しくないが、それにしては症状が重い。生命に関する重篤な症状である、はっきりと言った。

翌日に頭部のX線検査があり、診察室の白い投光器には幾枚かの脳の白黒フィルムが並べられた。初めて見る、綾音の脳のフィルムだった。円形の白線の中に、黒や灰色の物が映っている。白線は頭蓋骨で、灰色の部分は脳で、黒い部分が脳脊髄液だと医師の説明があった。担当の小児科医は、三十代半ばほどの、縁無しの眼鏡を掛けた、柔和そうな男だった。首からピンク色の聴診器を提げ、白衣の胸元にはマイメロのクリップが留まっている。医師の所見によれば、脳出血や脳浮腫等の異常は見つからないという。一先ず安心したが、綾音の症状は一向に快復しなかった。高熱が続き、ときに痙攣が起こる。この病気を治す特効薬はないのかと、私は医師に訊いた。基本は対症療法ということになります、医師は平坦な口調で述べた。

「病気によって現れた症状を、薬や処置で和らげていくのです。」

「そんなことをしていては、いつまでも病気は治らないのでは？」

私は自分の声が焦燥を帯びていることに気づいた。医師は、先ほどよりも、むしろ穏やかな口調で述べた。

「病気を治すのは、綾音ちゃんです。」

その後、栄養剤を入れる為のチューブが、綾音の鼻から胃へと通された。解熱剤や抗痙攣薬が効いたのか、綾音の熱は次第に引き始め、痙攣の頻度も減少した。午後には高度治療室から、一般小児病棟の個室へと移された。小児病室は十畳ほどの広さがあり、パステルカラーの色調のものが多い。木椅子のクッションはピンク色で、仕切りのカーテンは淡いグリーン、窓側にあるソファーベッドは水色だった。一方で綾音のベッド周りには、金属を剝き出しにした医療機器が物々しく並んでおり、無機質な一定の電子音を響かせていた。その医療機器からは、何本もの管やコードが、綾音の小さな身体へと伸びている。ベッド柵にビニールの袋が提げてある。尿道へ通された管から、そのビニールへ尿が溜まっていくのだという。

綾音の意識は未だ戻らなかった。脳を休める為に、麻酔に近い薬剤を使用しているのだという。午後の三時を過ぎた頃、仙台市の実家から妻がやってきた。綾音の病状について、ぽつりぽつりと話す。話し終えると、お互い無言になった。我々は二人並んで、パステルカラーの木椅子に座ったまま、ただ綾音の寝顔を眺めていた。

「でもこんなときになって、綾音が熱を出すなんて。」

幼稚園児の綾音を私が引き取り、まだ赤子の寧々《ネネ》を妻が引き取る。我々はそう決めた。理由は私の不貞にあった。妻が寧々を宿して八ヶ月目に発覚したことが、私には都合が悪かった。特に口論になることはなかった。私は心から謝罪をしたし、妻もそれに納得した様子だった。この件は終わったものと思っていたが、一年近く過ぎた後に、妻は突然に離婚を切り出してきた。私は珍しく声を荒らげた。私は大手飲食メーカーに勤めており、収入が特に悪いというわけでもなく、借金もなく、埼玉郊外とはいえメゾネットのマンションもあり、子供も二人いて、いったい何が不満なのか。確かに不貞を働いたのは悪かったが、もう随分と前の話なのだ。しかし妻は引かなかった。慰謝料は要らないから、寧々の養育費だけは払って欲しい。半年間の別居をして、その後、正式に離婚したい。

数日が過ぎるうちに、なぜ妻がこの時期に離婚を切り出してきたのか理解した。寧々が物心つく前に、綾音が小学校へ上がる前に、新しい生活を始めたいのだ。姉妹二人が物心ついてから、親権を分けるのは難しい。妊娠八ヶ月のあの日から、妻は離婚を切り出す日を待っていたのだ。――

別居の半年間は、我々の為ではなく、綾音の為の半年間だった。母親と父親が別々に住むことに、少しずつ慣らして、お互いの生活に問題が生じなければ、正式に離婚する。ただそれを、五歳の綾音にどう説明すればいいのか、我々には見当がつかなかった。ママは自分でやってみたい仕事を見つけたから、しばらくは別々に住んでみようと思うんだ、そんな嘘を考えてみた。五歳の子供に、本当のことを言えるはずがない。私の作り話に、妻も概ね同意した。

ある日の夕食後に、我々は綾音を呼んだ。大切な話があるから、よく聞きなさい、妻のその声が上ずっていた。私は平静を装っていたが、心臓は高鳴っていた。五歳の娘を相手に、緊張する自分が情けなかった。ピンクのパジャマ姿の綾音は、行儀よくソファーに座った。肩に掛かるほどの黒く細い髪は、まだ少し濡れていた。子供用の甘いリンスの匂いが、仄かに香る。自分で頭を洗い始めた頃で、上手く流せていないのだ。綾音は両手を膝の上に乗せてじっとしていた。これから話されることが分かっているようだった。綾音は勘の鋭い子だった。私と妻の間に流れる不穏な空気を、察していたのかもしれない。そう考えてみると、綾音の黒目勝ちの瞳には、もう涙が宿されているようにも見えた。また仄かに甘いリンスの香りがした。私は嘘がつけなくなった。

「パパとママは、しばらくは別々に住んでみようと思うんだ。少し仲が悪くなってしまってね。今は離れていたほうが、パパとママの為にも、綾音や寧々の為にも、いいと思うんだ。寧々はまだ赤ちゃんだから、ママが面倒をみる。綾音はお姉ちゃんだから、パパが面倒をみる。そうしてみようと思うんだ。分かるかい？」

綾音はやはり行儀よくソファーに座っていた。すぐにでも泣くだろうと思った。そのときは妻が綾音を抱いてやるだろうから、自分はむしろ父親として、どっしり構えているべきだ。意外にも、綾音はいつもと変わらない、少し戯《おど》けたような声色で訊いてきた。

「パパとママは、ケンカしちゃったの？」

私と妻は静かに頷く。

「綾音もこの間、幼稚園で、そうた君とケンカしたよ。」

「そうた君はやんちゃだから。」

妻が無理に笑みを作って答える。私も何か続けようと口を開いたが、でも次の日にね――、と綾音が続けた。

「そうた君がごめんなさいって。だから綾音も、ごめんなさいって。」

別居が始まった月に、綾音を幼稚園から保育園へと転園させた。延長保育を希望すれば、午後八時近くまで子供を預かってもらえる。幼稚園の友達とはお別れすることになったが、これればかりは仕方ない。毎朝、綾音と二人で食事をとる。月曜日は目玉焼き、火曜日は卵焼き、水曜日はスクランブルエッグ、木曜は焼き鮭に味付海苔、金曜はベーコンとソーセージ、土曜は炒り卵と鶏肉のそぼろご飯――。私は料理が得意なほうで、綾音も、ママといい勝負などと洩らしていた。綾音を保育園へ送り届け、私はその足で出社する。午後七時前後に綾音を迎えにいき、スーパーで買い物をして、二人で夕飯を食べる。

ある午後、綾音の好きなミートソースパスタを作ったとき、少しだけ問題が起きた。パスタをアルデンテに茹でたはいいが、湯きりに使うザルが見つからない。ザルがない、ザルがない、と洩らしながら、私は台所の戸棚を幾つも開ける。そうこうしているうちに、麺は少しずつ伸びてしまう。そんな折、綾音は台所へやってきて、私を見上げて、

「ママに、電話で訊いてみればいいんだよ。」

妻にザルの場所を教えてもらうのは癪だった。結局は菜箸を使い、無理に麺を掬い上げ、皿に盛った。随分とお湯っぽいミートソースパスタになってしまったが、綾音は、スープパスタみたいで美味しいね、と喜んで食べ、その姿を見て、胸が疼いた。しかしフォークでパスタを口にしてみると、茹でるときに塩を多く入れたからか、味が薄くなることもなく、ソースが麺によく絡み、そういうパスタがあってもおかしくはない気がした。たまに

はスープパスタもいいだろう、私は得意気に言ってみたが、胸は疼いたままだった。

月に一度、妻と綾音が逢う機会を設けた。しかし綾音は、母親である妻に、あまり甘えようとしなかった。妻が、綾音に対して、微妙に距離を取るものだから。綾音はそういう空気を、敏感に察する子供なのだ。そのことで妻と一度、口論になった。越谷の大型ショッピングモールへ出掛けた日のことだった。綾音がソフトクリームを買いにいった隙に、私は妻に言った。

「月に一度しか逢えないんだから、べったり甘えさせてあげればいいだろう。」

「この先は月に一度も逢えなくなるんだから、そんなことをしたら余計にかわいそうでしょう。」

ソフトクリームを持った綾音が戻ってきて、我々は口を噤《つぐ》んだ。綾音はバニラソフトを舐めながら、私達の顔を交互に眺めていた。

別居して三ヶ月が過ぎると、私は妻の居ない生活に慣れてきた。綾音も、妻のことを話題に出す機会が減った。我々は春を迎え、綾音は年長へと進級した。綾音は一年で六センチも背が伸びており、制服を新調した。百二十サイズの制服を着て、黄色い帽子を被り、〝さくら組〟と記された花形のワッペンを胸に付けて、一寸《ちょっと》すました顔で保育園へ通った。

少し気になることもあった。ここ数ヶ月で綾音はおねしょをするようになった。妻が居た頃も、たまに粗相をしていたが、その頻度が増えた気がする。一晩に二回のおねしょをしたときは、さすがに私も辟易した。寧々の為に買ってあったオムツで布団に染みた尿を吸い取り、お湯で濡らしたタオルで拭い、除菌スプレーをして、ドライヤーで乾かす。そうした作業をする私を、綾音はクマの縫いぐるみを片手に、部屋の片隅に突っ立って眺めていた。

それからまた、綾音はここ最近になって、両目を強く瞑《つむ》ることがあった。テレビを観ているとき、ご飯を食べているとき、瞳に塵《ゴミ》でも入ったかのように、両目をぎゅっと強く瞑る。その後、ぱちぱちと瞬《まばた》きを繰り返す。幼児によくある結膜炎かとも思ったが、綾音の眼球を覗いてみると、綺麗な白目をしている。考えてみると、私も会社でデスクワークが続いたとき、同じ症状になる。パソコンで長時間の作業をしていると、目がごろごろとして、瞬きの回数が増える。ドライアイ用の目薬を使うと、幾らか楽になる。幼児もドライアイになるのだろうか。眼科に連れていくほどでもなさそうなので、子供用の目薬を差して様子を見ることにした。

五月半ばに、綾音は怪我をした。同じマンションの友達と公園へ遊びに行った綾音は、人差し指に棘《とげ》を刺して帰ってきた。まだ子供の軟らかい皮膚に、確かに黒い針のような棘が刺さっている。私は指先をマキロンで消毒し、ピンセットで棘を引き抜こうとした。すると綾音は痛い痛いと泣くのだ。その棘の刺さった指先の、もう少し下には、白い傷痕がある。まだ妻と一緒に住んでいた頃にできた傷だった。

寧々が産まれる半年ほど前のある夜、台所で一人何かをしていた綾音は、洋服を血だらけにしてリビングへ現れた。赤い鮮血が、淡い色合いの女児服へ滲んでいく。私と妻は、綾音が血だらけになっていることにも驚いたが、綾音が少しも泣かないことにも驚いた。包丁で指を切ったよ、などと洩らして、平然としている。妻が慌ててハンカチで止血をし、消毒をする。幸いにも、出血のわりに深い傷ではなく、病院で縫う必要はなさそうだった。絆創膏を貼り、一週間ほどで傷は治ったのだが、白い痕は残った。

あれほどの流血に平然としていた綾音が、たかだか数ミリの棘一本で、わんわんと泣くのだ。綾音が暴れるものだから、棘は抜けなかった。結局、気休めに包帯を巻いて、棘はそのままにしておいた。綾音が眠ったら、その隙に包帯を解いて、こっそり棘を抜いてしまおう。

夜、綾音が深い寝息を洩らし始めた頃に、私は包帯を解いて、蛍光灯の灯りの下に、ピンセットを持った。しかしどこを探しても、棘は見つからない。寝返りを打った際に、抜けたのだろうか。仔細に指先を看るが、棘の入っていた穴すら見つからない。見当たるのは、爪の端から伸びる一センチ程の白い傷痕だけだった。私は首を傾げながら元通りに包帯を巻き直し、綾音の腕を布団の中へ仕舞った。

それでも生活していく上での殆どの部分は、上手くいっていた。通園、掃除、炊事、洗濯、何も問題はなかった。妻が居なくても、綾音と二人で幸福に暮らしていける、私は会社のデスクで自分の担当する新店舗の〝日別売上集計グラフ〟を見ながら、そう思った。所謂《いわゆる》、軌道に乗った、という状態だな。

そして離婚へ向けた猶予期間を終えようとしていた七月初旬に、綾音が高熱を出したのだった。——

ベッドサイドモニターのアラームが鳴り、黒い画面に赤い英字が表示された。私と妻は顔を見合わせた。看護婦がやってきて、アラームを止める。心拍が少し上がっただけで、特に問題ないという。ときどきご夫婦で、綾音ちゃんに話しかけてあげるといいですよ、看護婦は言った。

「意識がなくても、ちゃんと声は聞こえていますから。」

看護婦はそんな冗談を言いながら、病室を去っていった。私と妻は再び顔を見合わせた。夫婦で綾音に、何を話してやればいいのか、見当がつかなかった。――

三日間は妻が付き添いをするというので、私は夕方に病室をあとにした。病院玄関へと向かう途中、薄暗い廊下で、空缶の詰まった袋を抱えた用務員と、ぶつかりそうになった。日に灼けた初老の用務員は、額の汗を拭い、頭を下げた。私は、寝不足もあって、疲れていたのかもしれない。露骨に顔を顰《しか》め、舌打ちをした。早歩きで病院玄関へと向かった。戸外に出る頃には、もう嫌な気持ちになっていた。

＊

翌朝、いつも通り月曜日の目玉焼きを作った。卵を三つ割っていることに、目玉焼きができあがる頃に気づいた。仕方なく、三玉の目玉焼きを一人で食べた。綾音の送迎があるので、別居後は車通勤になった。車は白のセレナだった。綾音が産まれた翌年に、三年ローンで購入した。街道へ出る頃に、道を間違えていることに気づいた。今日は保育園へ寄る必要はないのだ。私は一人苦笑し、コンビニで切り返して国道へと向かった。おかげで随分と早く会社に着いた。三鷹市の本社ビルは九階建てで、私の所属する〃営業企画・開発部〃は六階にある。

　正午を迎える頃に、上司の田村部長と八階の社員食堂へ向かう。田村部長は、私の結婚式で、主賓挨拶を務めてくれた人でもあった。綾音が産まれたときには、何故かすきやき用の松阪牛が送られてきた。出産祝いというのは、肌着や、縫いぐるみを贈るものだと思っていた。部長曰く、両親が健康なら、赤子も健康に育つ。寧々が産まれたときには、ステーキ用の松阪牛が送られてきた。

　午前中の仕事の進捗状況について適当に話した後、部長は綾音の容体を訊いてきた。私は医師に言われた通りのことを、部長に伝える。彼は幾度か頷いた後に、

「子供は、医者や親が思っているよりも、生命力に満ちているものだよ。うちの娘が小児肺炎になったときなんて、医者は、おそらく朝までもたんでしょう、なんて言っていたからな。医者というのは、病状を大袈裟に言う慣例でもあるのかね。」

　田村部長の娘さんには、私も一度、逢ったことがある。草加市で行われた、社内草野球大会の応援に来ていた。田村部長は二番セカンドで出場していた。部長の娘さんは、その当時、今の綾音と同じくらいで、おさげ髪に、きょろんとした瞳をした、可愛らしい子だ

った。娘さんは父親が三振をする度に、喜んで手を叩いていた。それで私が野球のルールを教えてやる。バットにボールが当たらないと、点数が入らないんだよ。すると彼女は、野球のルールなら知ってるよ、と答える。じゃあどうして、喜んで手を叩いているの？私が訊くと、だってパパが、ユニフォームを着て、バットを振ってるんだもん。

「部長の娘さんは、幾つになりましたか？」

「中学二年生になるね。最近じゃ、ろくに口も利いてくれん。」

午後の二時過ぎに会社を早退し、病院へ向かった。D総合病院は病床数が千近くあり、広い敷地には、本館、新館、ＰＥＴセンターなど幾つもの病棟が建ち並んでいる。綾音の病室は南病棟の三階にあった。病室へ入ろうとすると、ベッド傍に妻の姿が見えた。妻はベッドに屈みこんで、綾音の額の寝汗を、タオルで拭ってやっていた。その姿を見て、私は足を止めた。しかし足を止める必要などない。迷ったが、結局はそのまま病室を通り過ぎてしまった。その足で七階のカフェへ向かい、よく分からないままに、一人でホットケーキを食べた。

廊下で看護婦から容体を聞いた後に、綾音の病室へと入る。妻の姿はなかった。看護婦の言う通り、綾音の右腕には、幾重にも包帯が巻かれていた。その日の午前中、痙攣を起こしたときに、ベッドの縁の金具で裂いてしまったのだという。痙攣時の綾音は、子供とは思えないほどの力で暴れるのだ。私は木椅子に座ったまま、綾音の健康的な皮膚に巻かれた包帯を、長いこと見つめていた。その清潔な、純白の包帯の内側で、赤い切れ目を作っている、生傷のことを思った。

看護婦が目薬を片手に病室へやってきた。意識がなくても、目蓋を薄く開けていることがあり、瞳が乾いてしまうのだという。目薬なら私にも差すことができる。看護婦に言って、その役割を代わってもらう。看護婦は私に、ヒアレイン点眼液と記された水色のキャップの目薬を渡した。一日に、一度か二度、差してやるといいという。私はベッドに屈み込み、目薬を右手に、綾音の上目蓋を持ち上げる。陽光を浴びると、綾音の茶褐色の瞳孔は少しずつ縮まっていく。それは脳が生きている証拠でもある。私は綾音の両目をぎゅっと瞑る癖を思い出す。あのときも子供用の目薬を差してやった。綾音は目薬が苦手で、目蓋を持ち上げると、少し怯えたように黒目をきょろきょろと動かすのだった。でも今の綾音に、怯えはない。光の量を調節する為だけに瞳孔を収縮させる感情のない瞳が、私と、私の背後のクリーム色の天井へ向けられていた。目薬を一滴、綾音の瞳へ落とす。薬液がじわりと広がり、丸味を帯びた眼球が水分で浸されていく。私の指先の支えがなくなると、綾音の目蓋は鎖《とざ》され、目尻から溢れた薬液が、泪《なみだ》になって頰を伝った。――

その後、私は椅子に腰掛けたまま、眠ってしまったらしい。目を覚ますと、微睡《まどろ》みの中に、綾音の頰で動く、何か赤く円《つぶ》らなものが見えた。私は手の平で目蓋を撫でたが、確かにそこでは赤い点が動いている。よく見ると、赤い点は、幾つかの黒い斑点を背負っている。意識がはっきりするに連れて、それが七星の天道虫《テントウムシ》だと気づく。どこかの窓から入ってきたのだろう。苛立ちのようなものを覚え、数枚のちり紙を抜き取る。そのちり紙で包んで、天道虫を潰してしまおうと思う。椅子から立ち上がり、ちり紙を近づけるが、天道虫は逃げようとしない。相変わらず、綾音の頰の上を、その薄い皮膚の上を、うろうろとしている。天道虫は、綾音の唇の端から、鼻のほうへと登っていく。栄養剤の管を留めている白い医療テープにやや足を取られながらも、小鼻の膨らみへと進み、ちょんとした鼻先まで達すると、そこで一瞬だけ動きを止め、ぱっと赤い半円形の翅《はね》を開き、中空へと飛び立っていった。

紙袋を片手に、妻が病室へ戻ってきた。綾音のパジャマを買ってきたのだという。頻繁に心電図等の検査を行うので、ボタン付の前開きパジャマがよいと看護婦に言われたらしい。紙袋には水玉模様のパジャマが折り畳まれていた。妻は七分袖のパーカーにコットンパンツという、ラフな格好をしている。別居後に少し伸びた栗色の髪を、首の後ろで緩く束ねている。服は今年の夏用に新しく買った物のようだが、髪留めは、台所へ立つときによく使っていた、キャラメル色の見慣れたシュシュだった。彼女は旧家の次女で、仙台市青葉区にある実家は屋敷のようだった。やたらと広い畳部屋には、漆塗りの甲冑やら、虎の画の屛風やらが飾られていた。三年前の夏に帰省したときは、その広い畳部屋で、我々は川の字になって眠ったのだった。——

妻は窓際のソファーベッドに座ると、腰が痛いと洩らして苦笑した。そのソファーベッドは、座るには丁度良いのだが、眠るには柔らかすぎるのだという。妻はいつか自宅のベッドにも文句を洩らし、まだ三歳ほどだった綾音と床で寝ていたことがあった。私は帰宅直後にその光景を目の当たりにして、ぎょっとしたのだ。その頃から、せっかく購入したブランドベッドを使わずに、我々は妻の実家から送ってもらった、牡丹模様の布団で眠るようになった。その話をすると、妻は、あぁ、一昨年の夏の日ね、と答え、苦笑とは違う、笑みを溢《こぼ》した。それから、手の平で額を撫でる仕草をして、笑みを打ち消した。

夕暮れを前に、私は病室を後にした。病棟玄関を出て駐車場へ向かう途中、頬や首筋を撫でる風に、夏が含まれていることに気づいた。人肌のような熱を帯びた、暑夏を予期させる七月の風だった。もう梅雨も終わりかもしれない。梅雨が明ける頃には、綾音は意識を取り戻して、すっかり元気になるかもしれない。雨雲が晴れるように、綾音の意識を覆っている病の雲は散り、健康的な青空が広がるかもしれない。ぽつぽつとズボンの裾に水飛沫が飛んできて、私は足を止めた。病院の庭先で、若い看護婦が、熱くなったアスファルトに柄杓で水を撒いていた。看護婦は平謝りをし、私は愛想笑いを返した。

食欲もなく、自炊する気もなかったので、近所のチェーン店の弁当屋で、夕飯を買って帰った。リビングの座卓で、一人弁当を食う。タルタルソースを付けて白身魚のフライを頬ばると、意外に腹が減っていたことに気づいた。天井から、蛍光灯のサークル管の音がジィジィと聞こえてくる。庭先からは、夏の虫の音が静かに響いてくる。テレビを点けると、バラエティ番組が放映されており、観覧者の笑い声が絶えない。私はふいに、窓側の無垢材の棚へと目を遣る。そこにはポトスとサボテンと卓上カレンダーが並んでいる。それから写真立ても。それは私が一度伏せた写真立てでもあった。昨秋、家族でディズニーランドへ行ったときの写真が飾られていたから。しかし気づいたとき、その写真立ては、元通りに起こしてあった。——

夜――、二階の寝室で一人床に就いて、眠りを待つ間に、思いも寄らず、田村部長の言葉を思い出した。経営とは種を蒔くことである。いつか部長は社の飲み会で洩らした。――種を幾つも蒔いて、芽が出る種もあれば、芽が出ない種もある。花を咲かせる芽も、萎れてしまう芽もある。種を蒔かないことには、店舗経営は始まらないのである。あのときは皆が随分酔っていた。月末の、一仕事終えた後の飲み会だったのだ。結局は部長の与太話として、皆で笑い飛ばしてその場は終わった。私は暗闇の中で、自分の隣に敷かれた空の布団を見つめながら、芽を出さずに、土の中でひっそりと、何かを待っている種のことを想った。

＊

翌朝、二玉の卵焼きを食べ、ネクタイを結ぶ途中、テレビで児童虐待のニュースが放送されているのを見かけた。親が小学二年生の子供の頭部をゴルフクラブで殴り、脳挫傷を負わせたという。最近よく目にする類のニュースではあったが、私はそのとき、憎悪に近い感情を抱いた。そして何故か、いつかの綾音の姿が浮かんだ。私が布団に染みた尿をオムッで吸い取る間、寝室の片隅の暗がりに突っ立っていた綾音の姿。気づくと私の胸元には、結び目の玉が小さすぎるネクタイができあがっていた。結び目を解いて、もう一度ネクタイを締め直した。

出社後、缶コーヒーを片手にデスクで事務書類に目を通していると、田村部長がやってきて、君、有休は残っているかね、と訊いてきた。殆ど残っていると伝えると、部長はふむふむと頷いて、湯呑を片手にデスクへ戻っていった。午前中に外回りが一件あり、報告書類をすぐに作りたかったので、社員食堂へは行かず、デスクでサンドイッチを食べながら、パソコンに向かっていた。すると田村部長がまた私の所へきて、有休を使う場合は前日までに申請が必要だそうだよ、と話しかけてきた。私はハムサンドを頰ばりながら部長を見上げ、はぁ、と答えた。部長はまた、ふむふむと頷いて、一人社員食堂へと歩いていった。

だからと言うわけではないが、私は有給休暇を申請して、二日ほど会社を休むことにした。シフト休と組み合わせると、三連休を作れるのだった。

一通りの業務を取りまとめ、昨日同様、二時過ぎにオフィスを出た。と、一階ロビーで、部下の須藤に呼び止められた。須藤は、やる気はあるが仕事はできない、入社一年目の二十二歳だった。高校時代、野球部に所属しており、甲子園に出場したこともあるという。一年目からなぜ本社ビルに配属になったのかは謎だが、事業所対抗の草野球大会を見込んでのことかもしれない。その須藤が私に紙袋を渡してきた。中を見ると、塗り絵やらクレヨンやらが入っている。

「僕も小学生の頃に、入院したことがあるんですよ。膝の皿が割れかけましてね。入院中の一番の苦痛は何だと思います？　暇なことです。」

綾音が塗り絵をできる状態でないことを、須藤は知らないのだ。

県道が空いており、三時前にはD総合病院へ着いた。中庭では以前に見かけた用務員が、午後の陽射しの中に、アルミの三脚に跨って、庭木の剪定をしていた。首に掛けたタオルでときに額の汗を拭いながら、枝木を切り落としていく。一輪車には、切り落とした枝葉が山になっていた。

診察室で小児科医の説明を受けた後に、病室へ向かう。病室に妻の姿はない。食堂にでも行っているのだろうか。私はいつものように、木椅子に座り、白い枕に沈む、綾音の横顔を眺める。綾音の膨らみのある頬は桜色に染まり、薄い肌色の目蓋が、ときにぴくりぴくりと動く。夢を見ているのだろうか。右腕には包帯が巻かれ、左腕には点滴のトンボ針が刺さり、鼻には栄養剤の管が通っている。医師が、様子を見ましょう、というとき、私は綾音に対して、何をすることもできない。何かをしてやりたいと思っても、できることは、綾音の寝顔を見ることだけだった。何かしらの感情を胸に抱えながら、綾音を、ただ見ること――、私は時々、自分の感情を紙に描いてしまいたい気持ちにもなる。

綾音が寝返りを打ち、掛布団が半分ほど捲《めく》れる。私は木椅子から立ち上がり、はだけた布団を元に戻してやる。しかし、もしかしたら綾音は暑いのかもしれない。暑いから、自分で布団を蹴ったのかもしれない。綾音の額に、手の平をのせてみる。綾音の体温が伝わってくる。でも綾音の意思は読み取れない。私は、自分の額を、綾音の額にくっつけてみる。綾音の意識を汲み取ろうとする。意識の中にあるはずの、綾音の言葉を探す。でも私は何を摑むこともできない。鼻に通った管のせいで、少し不自然な綾音の呼吸が、私の耳に響くばかりだった。

諦めて顔を上げると、病室入口に突っ立っている妻の姿があった。

「何してる？　入ってくればいいだろう。」

妻は何故か慌てた。それで見舞品として持ってきたらしい、縫いぐるみを床に落とした。

その縫いぐるみはサイドテーブルへ置かれた。午後の陽射しを、綾音と一緒に浴びていた。ピンクの丸耳の、ウサギの縫いぐるみだった。私はよく知らないが、園児の間で流行っているキャラクターらしい。

「まだ検体検査の結果が出ていないから、なんとも言えないが、インフルエンザの疑いがあるそうだよ。」

「インフルエンザって、誰でも罹る、あのインフルエンザ？」

「六歳未満の幼児は、稀に重症化することがあるらしくて――。」

それ以上のことを口にするべきか、私は迷った。それ以上のことを口にすると、何らかの責任を、彼女に負わせる気がした。それで私は窓の向こうを眺めた。遠くの空では、赤白のクレーンが首を振って、新しいビルの建造に勤しんでいた。

「ＣＴやＭＲＩに異常はないから、意識を取り戻して、すっかり元気になるかもしれない。或いは、何かしらの症状が残るかもしれない。」

「何かしらの症状？」

「つまり、後遺症ということも――。」

綾音が寝返りを打って、今度は布団が全部捲れた。我々は立ち上がって、綾音の布団を直してやろうとする。私が布団を綾音の胸元へ持っていこうとすると、妻は反対に綾音の足首へと引っ張った。それで我々は怪訝な顔を見合わせた。

「暑いから、綾音が布団をどかしてってって。」

「なぜ分かる？」

私が尋ねると、妻は瞳を丸くして、

「見れば分かるでしょう？」

有給休暇を取ったので、週末までは私も付き添いができる。夜の付き添いはどちらがしようか、妻と話をしていると、看護婦が病室へ入ってきた。看護婦が言うには、容体も落ち着いているので、夜間の付き添いは不要でしょうとのことだった。それで私は、一度マンションへ戻り、綾音の着替えや洗面具を持って、翌朝に病院へ来ることにした。妻は、さすがに私のマンションへ来るわけにはいかないので、市街地のホテルに泊まる。

午後の四時を過ぎる頃、建設中のビルの向こうから、夕立雲がもくもくと立ち上っていくのが見えた。所々に灰色の混ざる夕立雲は、次第に青空の範囲を埋めていった。私と妻が病院玄関を出る頃になって、大粒の雨が、ぽつぽつと落ち始めた。瞬く間に辺りは大降りとなり、我々は病院玄関で立ち尽くしていた。ホテルまで送ってやるよ、私は試しに言ってみる。彼女は空模様を眺めながら、耳朶《みみたぶ》から垂れる青いイヤリングを、指先でとんとんと弾いていた。妻のその癖を久しぶりに見た気がした。じゃあ、お願いする、暫く雨音を聞いた後に、妻は洩らした。

車で市街地へと向かう途中、緩い上り坂で、赤信号に捉まった。信号待ちをしている短い間に、私は左手を、妻の右手に重ねた。妻はじっと前を見据えていた。私も右手ではハンドルを握ったまま、じっと前を見据えていた。ときにワイパーが動いて、フロントガラスに溜まった大粒の雨を弾いていく。ガラスの向こう、赤く灯る信号機の向こう側では、夕立雲が形を変えながら動いていた。その薄暗い雨雲の切れ目には、ときに青空が覗くこともあった。信号が変わると、私は両手でハンドルを握り、アクセルを踏んだ。

妻をホテルへ送り届け、自宅マンションへ帰る頃に、夕立は上がった。雨雲は、街を横断するように通り過ぎていった。夕立が過ぎたあとだからか、南空の一帯は、濃淡のない薄い紫色に染まっていた。西の空では、夕暮れが最後の橙色の明かりを放ち、一方で東の空ではもう濃紺の夜が始まろうとしている。空は方角によって様々な色合いに染まっていた。私はそんな空模様を遥か昔、まだ少年の頃に見上げたことがある気がした。胸元の携帯電話が鳴った。綾音が通う保育園の、三橋先生だった。

「今、さくら組のみんなで、綾音ちゃんの為に、折鶴を作っているんですよ。千羽とはいきませんが、週末には、形になると思うので。そのときにまた連絡しますね。」

その夜、身体は疲れていたが、神経が高ぶっていて、中々、眠ることができなかった。布団の上で、意味もなく何度も寝返りを打った。綾音の額に自分の額を重ねたときの熱が、残っていた。綾音は今頃、あの南病棟三階のパステルカラーの病室で、静かな寝息を洩らしているだろう。また夜に痙攣を起こしてはいないだろうか。そう心配してみても、私の心配が、何かの役に立つことはない。

手の平には、妻の熱が残っていた。緩い上り坂の途中で、左手に覚えた妻の体温。今頃は妻も、駅近くのホテルのシングルベッドの上で、寝息を立てているかもしれない。彼女は綾音を産んだ後に、何故か背中を丸めて眠る癖がついた。腰を悪くしたのはそのせいかもしれない。そして寧々のことを想った。寧々は数百キロ離れた仙台市の妻の実家で、あの日本家屋のやたらと広い畳部屋で、義母と一緒に寝息を立てているはずだった。寧々には半年近く逢っていない。今頃はもう、意味のある言葉を一つか二つ、口にしているかもしれない。ハイハイや伝い歩きが、できるようになっているかもしれない。

私は自分が寝息を立てるのを待ったが、それは中々に訪れなかった。

*

翌朝、水曜日のスクランブルエッグを食べている途中で、妻から電話があった。寧々が夜泣きをしているので、朝の新幹線で一度、仙台に帰るという。週末にはまた埼玉へ戻るとのことだった。いずれにせよ週末までは、私が付き添いをできる。綾音の着替えや洗面具を持って、家を出た。須藤から貰った見舞品も持っていくことにした。家に置いておいても仕方ないし、もし綾音が目を覚ましたら、暇になって愚図るかもしれない。靴箱から、綾音のピンクのサンダルも持ってきた。考えてみれば、綾音は担架で自宅から運ばれているので、病院には外履がないのだ。

マンションの駐車場へと向かう途中、三毛猫が一匹、私の前を横切っていった。元は野良らしいが、大家が餌を与えるものだから、すっかり住み着いていた。綾音はよくその猫を、ねこじゃらし、ねこじゃらし、と言って、駐車場であやしていた。しゃがみ込んで、ねこじゃらしを左右に振ると、三毛猫は気が向いたときに、穂へ、ゆっくりと前脚を伸ばす。もう大人の猫なのだ。二階のベランダからその光景を眺めていると、猫をあやしているようにも、猫にあやされているようにも見えた。

　車で国道へと出る途中で、三丁目ふれあい公園を通りかかる。この辺りに新興住宅が増えたので、市の公園建設課が、住民の為にと造ったのだという。芝生の広場を縁取るようにして、アスファルトの歩道が続いている。綾音が補助輪を外すときは、この公園で練習をしましょうね、いつか妻は言った。それを聞いて私は笑った。その頃、綾音はまだ三輪車に乗り始めたばかりだったので、随分と気の早い話だと思ったのだ。

　公園通りにはヤマボウシの樹が植えてある。繁茂した鮮やかな緑色の葉群の中に、点々と白い綿が乗っている。〝白い綿〟というのは、綾音の表現だった。いつか公園を通りかかったときに、ヤマボウシの白い花を見て、クリスマスツリーの白い綿が乗ってるよ、そう洩らしたのだった。ハンドルを切り、公園通りの角を曲がるときに、幼稚園バスとすれ違った。

　南病棟の玄関先で、看護婦がプランターの花に如雨露《じょうろ》で水を与えていた。一昨日、私に水をかけてきた看護婦だった。プランターには向日葵《ヒマワリ》に似た小さな花が、幾つか咲いている。眩しいほどの檸檬《レモン》色の花弁の上を、次々に水玉がするすると滑り、雫になって中空へ落ちていく。背後から物音が聞こえて、私は振り返る。茶褐色に錆びた運搬用の一輪車を押して、用務員が中庭を横切っていった。

須藤の見舞品を、病室のサイドテーブルへ置く。綾音の寝顔を覗き込むと、ベッドサイドモニターのアラームが鳴った。いつかと同じように、画面に赤い英字が表示されている。看護婦がやってきて、アラームを止める。綾音ちゃん、パパが来てくれて嬉しいんですね、そんな冗談を言って、看護婦は病室を去っていった。木椅子に腰掛け、クレヨンの箱を手に取ってみる。サクラクレパス社の、十六色セットのクレヨンだった。箱を開けると、仄かに甘い蜜蠟のようなクレヨンの匂いが漂った。

綾音が一歳の頃に、絵心が育つようにと、クレヨンで絵を描かせたことがある。しかし絵を描かせるにはまだ早すぎた。綾音は手にした赤のクレヨンを、おやつだと思って口へ運んでしまう。仕方なく、綾音にクレヨンを持たせたまま、綾音の手の上に、私の手を重ね、その状態で画用紙へ向かった。程なくして、画用紙には、赤、青、黄色の、三色のチューリップができあがった。画用紙の隅に、平仮名で〝あやね〟と記した。綾音が描いた絵というより、私が、綾音の手を借りて描いた絵だった。でもあのチューリップには、綾音の意思も確かに混ざっていた。私はチューリップを描こうなどと、少しも考えていなかったのだ。

　クレヨンをテーブルへ戻し、綾音の様子を見る。綾音は、妻が買ってきた、ピンクの水玉模様のパジャマを着ている。そのキルト生地のパジャマには、襟元と袖口にフリルが付いていて、胸元には朱色のリボンがあしらってある。反対側のベッドサイドには、幾つかの医療機器が重なり、電子音を発している。黒いモニターの中で、緑色の波線が流れていく。数値の意味は私には分からないが、心拍や血圧や呼吸数を測定しているのだろう。モニターからは数本のコードが、綾音の手首、足首、胸元へと伸びている。右腕の包帯、左腕のトンボ針。栄養剤のチューブは取り外されたが、代わりに鎖骨の下から、心臓近くの静脈へカテーテルが挿管された。より高カロリーの輸液剤を入れられるのだという。

　綾音は目を瞑り、唇を薄く開け、微かな寝息を洩らしている。私は綾音が赤子の頃によくやった、いないいないばあを思い出す。妻が両手で顔を隠すと、綾音の表情は途端に曇り、瞳に不安が宿り始める。妻が明るい声で、ばぁ、と言うと、綾音の不安の色はぱっと消え、手足をばたばたさせて、きゃっきゃっと笑う。私は座卓で夕飯を食べながらも、ときに振り返って妻と綾音のやり取りを眺めた。蛍光灯を消したり灯したりしているみたいだな――。あのとき両手で顔を隠していたのは私や妻だったが、今では綾音に、その小さな子供の手で、顔を隠されてしまった気がした。――

その後、私は椅子に腰掛けたまま、また眠りに落ちたらしい。陽が昇り始めると、窓から陽光がよく入り、昼寝をするには丁度いい暖かさになる。目を覚ましたとき、綾音に繋がれている医療機器から、音が消えていた。しかし機器の黒い画面の中では、いつも通り緑色の波線が流れている。目は覚めたが、私の耳はまだ眠っているのだな、寝惚けながらもそんなことを思った。私は音の途絶えた病室で、やはり綾音の寝顔を見つめていた。

病窓の形に、陽光と影が、綾音のベッドに落ちている。綾音の身体の膨らみに合わせて、影の線は伸びたり縮んだりしている。綾音は大きく息を吐く動作をし、寝返りを打って、身体を私のほうへ向けた。陽光の色に染まった綾音の薄い目蓋が、震えたように見えた。それに合わせて、睫毛の先も震えた。上睫毛がゆっくりと持ち上がっていく。目蓋の端が僅かに捲れ、見慣れた奥二重ができあがる。綾音は片方の頰を枕へ乗せたまま、虚ろな空洞の瞳で、じっと私のことを見つめていた。

私は綾音の名前を呼ぼうとしたが、逆に息を呑んでしまった。綾音の仄暗く透き通った平坦な瞳孔に見入られ、指一本と動かせない。私は綾音の名前を呼ぼうと、もう一度、言葉を意識した。綾音を、こちら側へ呼び寄せなくてはならない――。しかし何も声にすることができなかった。私の声帯は未だ眠っていたのだろうか、その音のない世界で、私はただ綾音の瞳を見つめていた。

綾音が目蓋を開いていたのは、本当に短い時間だった。やがて綾音の瞳は、日向《ひなた》色の目蓋に鎖《とざ》されていった。医療機器の無機質な音が、病室に響き始める。私は立ち上がり、綾音の頬にそっと触れる。手の平に綾音の温もりが伝わる。でもそこに意識は含まれていない。綾音の薄い目蓋を、親指の腹でそっと撫でる。指先に、目蓋の向こう側の、丸い眼球の感触が伝わる。でもそこに意思は含まれていない。綾音がもう心を鎖してしまったことが、私の身体を通して、確かに伝わってきた。何か大切な機会を逃してしまった気がして、その場で暫く自分の手の平を見つめた後に、綾音の病室を出た。

午前中の陽光を浴びながら、戸外を宛てもなく歩いた。病棟南側は小さな土手へと繋がっていた。緑色《りよくしよく》の夏草が生えそろい、所々に群がる白詰草《シロツメクサ》や黄花《キバナ》コスモスが、斜面に色を着けている。数段の石階段が、土手の上へと伸びている。その石段を登りながら、初めて綾音が人の言葉を理解したときのことを思い出していた。〝あやね〟と名前を呼ぶと、確かに意識の宿った瞳で、綾音はベビーベッドから私と妻を見上げた。あのとき綾音には、どんな世界が見えていたのだろう。自分のことを覗き込んで、笑ったり泣いたりしている夫婦の姿が、綾音には見えていたのだろうか――。

石段を上ると、河と川原を一望することができた。川幅は五メートルほどだろうか、大きな河川の支流なのかもしれない。すぐ傍に木橋が架かっている。その木橋を渡る途中で、私は足を止めた。水面を幾つもの細かな塵芥が流れていく。川上へふいと目をやると、川原に作業服姿の男がしゃがみ込んでいる。病院内で見かけた、あの日に灼けた用務員だった。勝手に河へ塵《ゴミ》など流してもいいのだろうか――、私は欄干に両手を乗せ、再びぼんやりと川面を眺めていた。

「願いごとを流しているんだな――。」

昨日、綾音の病室へ向かう途中で、小児病棟の患者達が、笹竹に七夕飾りをしているのを見かけた。その短冊を、あの用務員が、河へ流している。水面で浮き沈みする色とりどりの紙片には、子供の字で、願いごとが記されていた。

――階段をのぼりおりできるようになりますように。――サッカー選手になりたい。――けっとうちが下がりますように。――けっしょう板がふえますように。――おこづかいがもっと欲しい。――みんなと遠足に行けますように。

私は自分から少しずつ離れていく紙片を、もう少し眺めていたかった。

初出

スイミングスクール　「新潮」二〇一六年八月号

短冊流し　「新潮」二〇一六年一月号

装幀　新潮社装幀室

スイミングスクール

発　行……2017年1月30日

著　者……高橋弘希《たかはしひろき》
発行者……佐藤隆信
発行所……株式会社新潮社
〒162-8711　東京都新宿区矢来町71
電話　編集部（03）3266-5411
　　　読者係（03）3266-5111
http://www.shinchosha.co.jp
印刷所……大日本印刷株式会社
製本所……大口製本印刷株式会社
乱丁・落丁本は、ご面倒ですが小社読者係宛お送り下さい。
送料小社負担にてお取替えいたします。
価格はカバーに表示してあります。

ISBN978-4-10-337073-4 C0093